NAPOLÉON

AU MONT-THABOR,

Poëme,

Suivi d'Odes;

PAR AMEDÉE DUQUESNEL.

Un Volume in-8°. — Prix : 3 francs.

A PARIS,

CHEZ THERRY, ÉDITEUR,

Palais-Royal, Galerie de Bois, n°. 233.

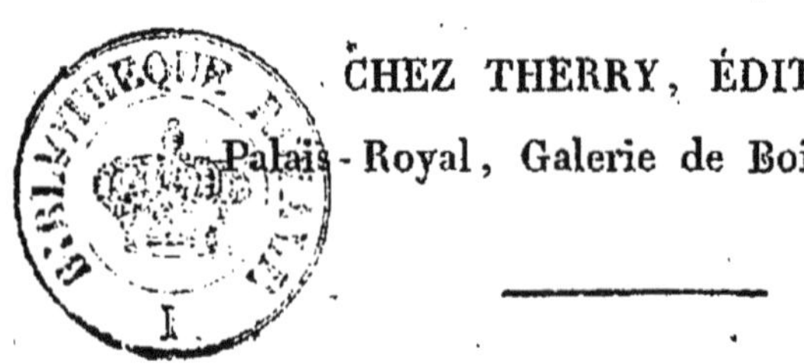

PROSPECTUS.

L'auteur ne vient pas vanter le fruit de ses veilles dans une annonce mensongère et emphatique. Inconnu au monde, il désire faire savoir que son ouvrage existe, et c'est dans ce seul but qu'il publie ces pages.

On ne cesse de répéter que le siècle n'est pas poétique. Les hommes, nous dit-on, sont depuis long-temps occupés de trop grands intérêts, de questions trop importantes, pour songer à lire des vers. Nous écoutions ces discours sans les comprendre. La Poésie, qui donna des lois aux premiers habitans de la terre, qui conduisit à la victoire le peuple le plus sévère du monde, le Spartiate; la Poésie, dont les guerriers du Nord payaient les chants de leur vie, ne serait-elle plus digne de retracer les grandes scènes de l'Histoire, de chanter le triomphe et les malheurs des héros, enfin, de parler aux cœurs des hommes?

On se tromperait singulièrement de croire que cet ouvrage a été dicté par un esprit de parti quelconque. L'auteur peut affirmer du moins qu'il a fait tous ses efforts pour s'en préserver. Puisse ce mot sanglant et funeste n'être plus français! puisse ne plus exister dans notre patrie qu'un même amour des rois et d'une sage liberté!

Ce poëme n'est que le commencement d'un plan, audacieux peut-être, celui de peindre les plus grands événemens de cette étonnante époque de l'histoire des peuples, les glorieux travaux des Français, dont les exploits surprirent les nations ébranlées; enfin, un homme qui a rempli l'univers de sa renommée, et qui, par son génie, sa fortune et ses malheurs, reste une des plus éloquentes leçons que le ciel ait jamais données à la terre.

Nous allons présenter une idée du plan de l'ou-vrage.

Les populations de l'Asié sont descendues des rives de l'Euphrate. Après l'immortel combat de Nazareth, la petite armée de Kléber ne peut plus espérer que la mort; et, tandis qu'un soir, dans une triste vallée de la Syrie, nos guerriers rendent les derniers devoirs à un de leurs compagnons d'armes blessé mortellement à Nazareth, le camp musulman, dans la joie, ne rêve que des triomphes. Abdélazis, jeune Arabe, raconte à son ami l'histoire de sa vie et celle d'Azelma, sa jeune épouse, qui, sous l'habit d'un Mamelouck, défend les fils de Mahomet. Cependant Kléber, à l'aspect des lignes de feux qui tracent les camps immenses de l'Ottoman, envoie un guerrier à Napoléon sous les murs de Saint-Jean-d'Acre.

Au second chant, l'envoyé de Kléber arrive devant l'ancienne Ptolémaïs. Non loin de cette ville, qui devait arrêter ses conquêtes dans l'Orient, Napoléon errait aux bords des flots de la mer de Syrie, assiégé par les vastes pensées que lui inspirent ces lieux et l'immense avenir qui se déroule devant son génie, lorsqu'on lui annonce que Kléber et son armée n'ont plus qu'à mourir. Ses guerriers sont rassemblés, il marche sur le Thabor, et bivouaque la nuit sur les hauteurs de Safarieh. Contemplant le désert solennel de la Syrie, l'homme, dont le nom alors occupait l'univers, s'arrête dans la grotte d'un solitaire fatigué des hommes et de la vie. Ce vieillard, qui est Français, pleure sur les malheurs de notre orageuse révolution, et reconnaît Napoléon à l'enthousiasme et à l'étendue de ses pensées.

Au troisième chant, le jour a paru. La faible armée de Kléber descend dans la plaine de Fouli, couverte d'innombrables phalanges musulmanes. A ce spectacle, les ombres des Croisés se réveillent. La bataille commence : vingt fois la cavalerie orientale charge sur nos carrés protégés par des remparts de cadavres. Mais après des prodiges de courage, la valeur et la tactique européennes vont céder au nombre. Ce chant finit dans la consternation, lorsque tout-à-coup le canon retentit sur les montagnes qui couronnent la plaine. La joie renaît, le cri : C'est Bonaparte ! court dans tous les rangs. Les grenadiers élèvent leurs fusils, les cavaliers agitent leurs sabres, et la terreur s'empare déjà des Musulmans. Le conquérant s'élance sur le champ de bataille ; tout prend une face nouvelle. Les populations de l'Asie sont foudroyées. Azelma meurt à la tête de ses Mameloucks ; Abdélazis trouve aussi le trépas en voulant venger sa jeune épouse ; et l'heureux conquérant passe la nuit au pied du Mont-Thabor, éternel témoin de sa victoire.

Oh ! si, échappé à tant de désastres, un vieillard de l'armée d'Orient laisse tomber sur ces

pages une larme de souvenir, si ces chants contribuent à enflammer la nation de l'amour de la
patrie et de la gloire, qui fait seul la force et la
grandeur des peuples, le poète alors bénira ses
veilles !

———————

L'ouvrage sera imprimé comme les vers suivans, qui sont
le début du poëme.

La patrie est ma muse, et sa splendeur m'inspire.
Ils sont passés ces jours de gloire et de délire,
Où le monde, enfantant des peuples de soldats,
S'agitait en tremblant sous le feu des combats ;
Où les pas d'un mortel, sur la terre brûlante,
Se frayaient, en courant, une route sanglante.
Il n'est plus !.... il tomba ce fier dominateur !
Et l'Europe, long-temps muette de terreur
Paraît encor plongée en un vaste silence.
Quand la foudre a grondé sur le désert immense,
Dans un calme profond, tel il semble écouter
L'orage dont l'éclat vient de l'épouvanter.
O terre, puisse enfin notre exemple t'instruire !

Vers les bords syriens qui peut donc te conduire,
Moderne conquérant ?....

Voici les derniers vers du poëme, adressés à Napoléon.

O superbe mortel ! si de ta destinée
Le ciel te découvrait la suite infortunée ,
Tu pâlirais peut-être... A tes puissantes loix
L'Orient n'est pas dû; mais, tremblant à ta voix,
L'Occident subjugué devient ton héritage ;
Tu marches sur le monde... et meurs dans l'esclavage !

Nous extrayons deux strophes d'une ode sur la France.

A l'aspect de tes champs, ô lugubre Vendée !
O tombe des Français par le sang fécondée !
Le ciel semble couvert de noirs voiles de deuil !
J'admire en frémissant votre immortel courage ;
Abhorrant des partis la détestable rage ,
Je mouille de mes pleurs votre commun cercueil.

Accourez vers ces lieux, ô peuples de la terre,
Et contemplez les champs de cette horrible guerre.
Venez, instruisez-vous au récit de nos maux.
Et toi, Dieu, qui conduis le destin des empires,
Si nous devons revoir ces effrayans délires ,
Fais-nous plutôt descendre en la nuit des tombeaux !

Imprimerie de GUEFFIER , rue Guénégaud, n. 31.

Cet Ouvrage se vendra aussi chez Rottier, Libraire à Saint-Malo.

NAPOLÉON

AU MONT-THABOR.

Imprimerie de Gueffier,
rue Guénégaud, n. 31.

NAPOLÉON

AU MONT-THABOR,

POËME,

SUIVI D'ODES.

Par Amédée Duquesnel.

A PARIS,

CHEZ THERRY, ÉDITEUR,

PALAIS-ROYAL, GALERIES DE BOIS, N°. 233.

1826.

Préface.

On ne cesse de répéter que le siècle n'est pas poétique. Les hommes, nous dit-on, sont depuis long-temps occupés de trop grands intérêts, de questions trop importantes, pour songer à lire des vers. Nous écoutions ces discours sans les comprendre. La Poésie, qui donna des lois aux premiers habitans de la terre, qui conduisit à la victoire le peuple le plus sévère du monde, le Spartiate; la Poésie, dont les guerriers du nord payaient les chants de leur vie, ne serait-elle plus digne de retracer les grandes scènes de l'Histoire, de chanter le triomphe et les malheurs des héros, enfin de parler aux cœurs des hommes ?

On se tromperait singulièrement de croire que cet ouvrage a été dicté par un esprit de parti quelconque. L'auteur peut affirmer du moins qu'il a fait tous ses efforts pour s'en préserver. Puisse ce mot sanglant et funeste n'être plus français ! puisse ne plus exister dans notre patrie qu'un même amour des rois et d'une sage liberté !

Ce poëme n'est que le commencement d'un plan, audacieux peut-être, celui de peindre les plus grands événemens de cette étonnante époque de l'histoire des peuples, les glorieux travaux des Français, dont les exploits surprirent les nations ébranlées ; enfin un homme qui a rempli l'univers de sa renommée, et qui, par son génie, sa fortune et ses malheurs, reste une des plus éloquentes leçons que le ciel ait jamais données à la terre.

Nous allons présenter une idée du plan de l'ouvrage.

Les populations de l'Asie sont descendues des rives de l'Euphrate. Après l'immortel combat de Nazareth, la petite armée de Kléber ne peut plus espérer que la mort ; et tandis qu'un soir, dans une triste vallée de la Syrie, nos guerriers rendent les derniers devoirs à un de leurs compagnons d'armes blessé mortellement à Nazareth, le camp musulman, dans la joie, ne rêve que des triomphes. Abdélazis, jeune Arabe, raconte à son ami l'histoire de sa vie et celle d'Azelma, sa jeune épouse, qui, sous l'habit d'un Mamelouck , défend les fils de Mahomet. Cependant Kléber, à l'aspect des lignes de feux qui tracent les camps immenses de l'Ottoman , envoie un guerrier à Napoléon sous les murs de Saint-Jean-d'Acre.

Au second chant , l'envoyé de Kléber arrive devant l'ancienne Ptolémaïs. Non loin de cette ville, qui devait arrêter ses conquêtes dans l'Orient , Napoléon errait aux bords des flots de la mer de Syrie , assiégé par les vastes pensées que lui inspirent ces lieux , et l'immense avenir qui se déroule devant son génie , lorsqu'on lui annonce que Kléber et son armée n'ont plus qu'à mourir. Ses guerriers sont rassemblés , il marche sur le Thabor, et bivouaque la nuit sur les hauteurs de Safarieh. Contemplant le désert solennel de la Syrie , l'homme dont le nom alors occupait l'univers , s'arrête dans la grotte d'un solitaire fatigué des hommes et de la vie. Ce vieillard, qui est Français, pleure sur les malheurs de notre orageuse révolution, et reconnaît Napoléon à l'enthousiasme et à l'étendue de ses pensées.

Au troisième chant, le jour a paru; la faible armée de Kléber descend dans la plaine de Fouli, couverte d'innombrables phalanges musulmanes. A ce spectacle, les ombres des Croisés se réveillent. La bataille commence : vingt fois la cavalerie orientale charge sur nos carrés protégés par des remparts de cadavres; mais après des prodiges de courage, la valeur et la tactique européennes vont céder au nombre. Ce chant finit dans la consternation, lorsque tout-à-coup le canon retentit sur les montagnes qui couronnent la plaine. La joie renaît, le cri : c'est Bonaparte ! court dans tous les rangs. Les grenadiers élèvent leurs fusils, les cavaliers agitent leurs sabres, et la terreur s'empare déjà des Musulmans. Le conquérant s'élance sur le champ de bataille ; tout prend une face nouvelle. Les populations de l'Asie sont foudroyées. Azelma meurt à la tête de ses Mameloucks ; Abdélazis trouve aussi le trépas en voulant venger sa jeune épouse ; et l'heureux conquérant passe la nuit au pied du Mont-Thabor , éternel témoin de sa victoire.

Oh ! si, échappé à tant de désastres, un vieillard de l'armée d'Orient laisse tomber sur ces pages une larme de souvenir, si ces chants contribuent à enflammer la nation de l'amour de la patrie et de la gloire, qui fait seul la force et la grandeur des peuples , le poète alors bénira ses veilles !

NAPOLÉON

AU MONT-THABOR.

> .... J'ai étonné les hommes, et
> c'est beaucoup.
> MONTESQ. *Dial. de Sylla et d'Eucrate.*

CHANT PREMIER.

CHANT PREMIER.

SUJET.

Funérailles d'un brave. — Camp de Kléber. — Les Musulmans. — Abdélazis et Azelma.

La patrie est ma muse, et sa splendeur m'inspire.
Ils sont passés ces jours de gloire et de délire,
Où le monde, enfantant des peuples de soldats,
S'agitait en tremblant sous le feu des combats;
Où les pas d'un mortel, sur la terre brûlante,
Se frayaient, en courant, une route sanglante.
Il n'est plus! il tomba ce fier dominateur!
Et l'Europe, long-temps muette de terreur,
Demeure encor plongée en un vaste silence.
Quand la foudre a grondé sur le désert immense,
Dans un calme profond, tel, il semble écouter

L'orage dont l'éclat vient de l'épouvanter.
O terre, puisse enfin notre exemple t'instruire !

Vers les bords syriens qui peut donc te conduire,
Moderne conquérant ? Ton bras vient en ce lieu
Ravir à l'Ottoman le sépulcre d'un Dieu ?
Non. Dans ces temps d'erreur, d'héroïsme et de crimes,
L'homme osa rejeter des vérités sublimes ;
Dieu que mon cœur adore, il brisa tes autels !
Mais ton culte vivait dans le sein des mortels.
L'honneur, la liberté, l'amour de la patrie
Conduisaient à la mort les preux de l'Italie.
Le conquérant jugea son siècle ; et ses hauts faits,
Au sein de l'ancien monde, allaient frapper l'Anglais.

Non loin de Nazareth s'étend une vallée
Inconnue aux mortels, inculte et désolée.
L'œil s'égare à l'entour sur des coteaux altiers ;
Leur aspect est lugubre : aux bouquets d'oliviers
Le sycomore ombreux mêle un sombre feuillage.
Un faible jour luisait sur la plaine sauvage.

C'était l'heure si triste où des cieux obscurcis
La clarté lutte encore avec l'ombre des nuits.
Dans le camp de Kléber règne un profond silence,
Tout dort : l'on n'entend plus des fils de la vaillance
La brillante harmonie et les chants belliqueux :
Le désert est sans voix. Mais sur ces vastes lieux
Retentit une fois le canon des batailles.
Couvert des crêpes noirs du jour des funérailles,
Le tambour fait entendre un sombre roulement.
Des guerriers attristés s'avancent lentement ;
Suivant, dans la douleur, leurs enseignes baissées,
Des grenadiers marchaient, les armes renversées.
Après eux paraissaient quelques jeunes soldats.
Leur chef et leur ami repose dans leurs bras,
Ernest, héros tombant au matin de son âge.
Le Français admirait son étonnant courage ;
Il aimait ses vertus. Un ami valeureux
Portait près de son corps l'étendard orgueilleux
Que le héros ravit à l'Arabe en alarmes.
Son front était baissé, ses yeux versaient des larmes.
Kléber, l'ardent Junot et des guerriers nombreux,
L'œil triste, mais sans pleurs, marchaient silencieux.

Sur les arides bords d'un torrent solitaire

Le funèbre convoi s'arrête, et de la terre

Les grenadiers émus ont entr'ouvert le sein.

On y dépose Ernest. Des longs fusils d'airain

Dans le vaste désert une décharge tonne ;

Le lugubre tambour une autre fois résonne,

Et vers la fosse ouverte approchant lentement,

Le fier Junot s'avance. Il regarde un moment

Du guerrier qui n'est plus le visage sévère.

Ernest, enveloppé de son manteau de guerre,

Paraissait reposer comme après les combats.

Son front était voilé des ombres du trépas,

Mais la sérénité brillait sur son visage.

L'invincible guerrier, dont le brûlant courage

Au jour de Nazareth écrasa l'Ottoman,

A posé près du corps l'étendart musulman.

Il dit : « Jeune héros, adieu ! gloire à ta cendre !

» Toi qui dans ce tombeau n'aurais pas dû descendre,

» Les braves t'admiraient, les braves t'ont pleuré !

» Dans les champs de la guerre, hélas ! à peine entré,

» Tu tombes, mais couvert des drapeaux de l'Asie.

» Adieu ! tu méritas l'amour de ta patrie !

»Le cœur de tes amis, voilà ton noble autel :

»Digne de partager le sépulcre immortel

»Des héros qui déjà dorment sur cette plage,

»Tu meurs à Nazareth, fier martyr du courage !

»Noble victime, ô toi qui dans ce jour d'horreur,

»Où le flot d'Aboukir trahissait ta valeur,

»Sur ton vaisseau sanglant as étonné la terre,

»[1] Défenseur du *Tonnant* ! ton ombre tutélaire

»Protège le héros ! Toi qui fus son ami,

»Que nous pleurons toujours, valeureux Sulkowski,

»Embrasse encor ton frère ! ô ciel ! reçois son âme !

» Et vous, jeunes Français, dont la guerrière flamme

»Promet à l'univers de glorieux combats,

»Imitez ses hauts faits, méritez son trépas !

»Pour vous qui vieillissez dans les champs de la

    gloire,

»Braves qui m'entourez, honorez sa mémoire,

»Pleurez sur lui ; son bras ne sert plus son pays !

»Mon cher Ernest, adieu !.. » Dans ses yeux obscurcis

Junot s'efforce en vain de retenir ses larmes.

1. Du Petit-Thouars.

Les guerriers, d'un air sombre, appuyés sur leurs

    armes,

Regardent quelque temps le héros qui n'est plus,

Et roulent dans leur sein mille pensers confus.

Leur cœur ne peut trembler, mais il songe à la France.

Nul accent du désert ne troubla le silence,

Quand des soldats, posant leurs fusils en faisceaux,

Du sable amoncelé couvrirent le héros.

Nul mot ne fut gravé sur la tombe guerrière.

Silencieux, plongés dans leur douleur amère,

Vers les bivouacs français se dirigent les preux.

L'obscure nuit alors enveloppait les cieux,

Kléber appelle Odon. Vis-à-vis de leurs tentes

Brillent dans le lointain des lueurs vacillantes,

Qui semblent embraser ces immenses déserts.

Des chants, des cris de garde ont monté dans les airs;

C'est le camp musulman. De ses feux innombrables

Kléber suivait des yeux les lignes formidables;

Il se lève, il s'agite. Odon marche vers lui.

« L'Asie est contre nous assemblée aujourd'hui :

» Vois ces apprêts guerriers. Quelle vaste étendue !

» Ces feux se prolongeant aussi loin que la vue !

» Sans un prodige, Odon, nous devons tous périr :

» Napoléon peut seul nous venger ou mourir ;

» Va, cours à Saint-Jean-d'Acre, et songe à ta patrie. »

Odon porte ses pas vers la mer de Syrie.

Mais le désert gémit : Les joyeux Ottomans

Aux échos étonnés font répéter leurs chants ;

Ils aiment des guerriers les fêtes et les danses ;

Entourés de drapeaux, de fusils et de lances,

Les fougueux Osmanlis disent dans leur orgueil

Que des soldats français l'Asie est le cercueil ;

Et, des sombres combats appelant les alarmes,

D'un air sûr du triomphe ils apprêtent leurs armes.

Sous le feuillage épais d'un immense palmier,

A la clarté des feux, un Mamelouck altier

A conduit Alamar, héros qui dès l'enfance

Partagea ses travaux, ses dangers, sa vaillance.

« Ami, dit Alamar, pourquoi fuis-tu mes yeux?

» Ah ! que sont devenus ces momens trop heureux,

» Où ta noble valeur, enchaînant la victoire,

» Associait mon bras à ta brillante gloire ;

» Où nous n'avions qu'une âme, une vie, un bonheur ;

» Où mon cœur devinait les pensers de ton cœur?

» C'est depuis ton retour des rives de la France

» Que ton œil abattu semble fuir ma présence !

» — Oh ! qu'il m'en a coûté pour cacher mes chagrins !

» Tu sais, fier Alamar, si dans ces jours lointains,

» Des enfans du désert j'aimais les mœurs sauvages :

» Sur de fougueux coursiers franchir nos vastes plages,

» Des lions affamés défier la fureur,

» Et des sables brûlans la dévorante ardeur ;

» Du léger dromadaire égaler la vitesse :

» La chasse, les combats, c'était là mon ivresse !

» Le désert se couvrant des ombres de la nuit,

» Étendu près du chef, j'écoutais son récit.

» Comme j'aimais sa voix, sa tente hospitalière !

» Il enflammait mon cœur de cette ardeur guerrière,

» Le premier sentiment de mes premiers beaux jours.

» Bientôt de mon bonheur je vis finir le cours.

» Je vous quittai ! Fuyant la tente de mes pères,

» Mes pas ont parcouru les rives étrangères,

» Et je vis des Français le pays fortuné.

» Dans un monde nouveau, surpris, abandonné,

» Je sentis en mon cœur des passions nouvelles.

» J'entendis les accens des peuples infidèles,

» Et le travail m'ouvrit tous ces livres fameux,

» De mortels inspirés monumens glorieux.

» J'éprouvai des tourmens que tu ne peux com-
        prendre.

» L'horizon devant moi commençait à s'étendre.

» Mon être était changé : d'une brûlante ardeur

» Les transports inconnus dévoraient tout mon cœur.

» Je souffrais sans pouvoir expliquer ma souffrance,

» Et regrettais déjà ma première ignorance.

» J'avais besoin d'un cœur et ne le trouvais pas :

» Tout ce qui m'entourait, né loin de nos climats,

» Ne pouvait pas répondre aux désirs de mon âme.

» Je rêvais un objet qui pût sentir ma flamme.

» Alamar, Alamar, que ce songe était doux !

» J'abandonnai la France, et volai parmi vous.

» Je disais : L'amitié va suffire à ma vie ;

» Je vais revoir mon frère, et la vaste Arabie,

» Et ces plaines de sable où je vivais heureux !

» De retour au désert, ses enfans belliqueux,

» Pleins de mes souvenirs, joyeux de ma présence,

» De courses, de combats honoraient ma vaillance.

» Mais tu n'étais plus là…Les jeux chers aux guerriers,

» La source des déserts, l'ombrage des palmiers,

» Nos fêtes, nos exploits étaient pour moi sans charmes.

» Chaque jour je mouillais mon coursier de mes larmes.

» Enfin mon cœur usé perdit cette chaleur

» Qui m'embrasait aux temps où ton bras, ta valeur,

» Soutenaient les efforts de mon faible courage.

» Errant seul et pensif aux sables de la plage,
» Je ne ressentis plus de ces maux déchirans
» Qui m'avaient étourdi, quand de tes pas errans
» J'appris que les guerriers avaient perdu la trace ;
» Mais le soir sous la tente où je cherchais ta place,
» Mes yeux croyaient te voir, je t'entendais parler.
» Hélas ! la vérité revenait m'accabler !
» Dès que naissait le jour, je voulais fuir nos frères ;
» Souvent je m'égarais dans mes tristes chimères ;
» En vain, pour me distraire, ils s'approchaient de moi ;
» J'appelais Alamar, je ne pensais qu'à toi :
» Ton souvenir faisait ma joie et ma souffrance ;
» Mais je ne pouvais plus supporter ton absence,
» Et du Kaire orgueilleux je gagnai les remparts.
» Pour trouver mon ami, bravant tous les hasards,
» J'allais te demander aux deux bouts de la terre.

» Un soir, le long des murs d'un jardin solitaire
» Qui d'un puissant chéick décore le palais,
» J'entendis une voix ! Je n'oublîrai jamais
» Ces accens inspirés, qui de ma destinée

» Brisèrent pour un temps la chaîne infortunée.

» J'osai franchir les murs. Dans un bosquet ombreux,

» Qui de l'ardent soleil peut défier les feux,

» Au milieu des palmiers et du frais sycomore,

» Une femme, semblable aux houris qu'on adore,

» Vint frapper mes regards. Comme l'azur du ciel,

» Ses yeux étincelaient d'un éclat immortel ;

» Cependant la pâleur qui couvre son visage,

» Des passions du cœur attestent le ravage.

» Son turban surmonté d'un croissant radieux,

» Mêle ses réseaux d'or aux flots de ses cheveux,

» Et son sein fait mouvoir la robe transparente

» Qui, couvrant ses contours d'une gaze brillante,

» Tombe jusqu'à ses pieds en plis étincelans.

» Un trouble tout nouveau s'empara de mes sens.

» O guerrier valeureux ! qui que tu sois, dit-elle,

» Prends pitié du malheur d'une triste mortelle.

» Ton nom ? — Abdélazis. — Cet enfant des déserts

» Fameux dans nos climats par mille exploits divers !

» Le dieu des Musulmans guide ici ta vaillance

» Pour empêcher le crime et sauver l'innocence.

» Héros, écoute-moi : Par un être odieux,

» Par un monstre entraînée en ces horribles lieux,

» Je dois être livrée aux plaisirs de son maître.

» O comble de l'horreur ! dans une heure peut-être

» D'indignes Musulmans me mettront dans ses bras ;

» Mais ce projet affreux ne s'achèvera pas.

» Moi, fille du désert, moi, dont la noble race,

» De Kaled et d'Omar suivit toujours la trace,

» Soumise aux volontés d'un chéick orgueilleux,

» Que j'aille partager son lit injurieux !

» Regarde ce poignard, connais-moi toute entière !

» — Je l'écoutais encore, et de cette âme altière

» L'ascendant subjuguait mes esprits et mon cœur.

» Dès ce moment, ami, j'aimais avec fureur.

» Comme le feu du ciel, la passion rapide

» Enflammait tous mes sens, brûlait mon cœur avide.

» Je vois autour de moi des gardes accourus,

» Mon aspect les effraie ; ils restent confondus.

» Je l'entraîne, et fuyant les murailles du Kaire,

» Nous traversons le Nil. Un léger dromadaire

» Nous enlève au travers du désert sablonneux.

» Déjà nous approchions de ces tombeaux fameux

» Où repose des rois la dépouille mortelle.

» La lune se levait ; sa lumière nouvelle

» Augmentait du désert la sombre majesté.

» Quelle scène pour moi ! Seul dans l'immensité ,

» Seul avec Azelma ! D'une des pyramides

» Nous franchissons le seuil , et nos regards avides

» Errent dans les détours de ce vaste tombeau

» Qu'éclairent les rayons d'un lugubre flambeau.

» Sur un marbre brisé l'héroïne s'appuie.

» Noble guerrier, dit-elle, à qui je dois la vie ,

» Des projets d'Azelma pénètre la grandeur.

» Un peuple européen dont le sabre vainqueur

» Déjà d'Alexandrie a frappé les murailles ,

» Un peuple respirant la mort et les batailles ,

» Envahit ces climats , et sur nos murs tremblans

» Va bientôt arborer ses étendarts sanglans.

» Ces brigands sont conduits par le dieu de la guerre,

» Par ce sombre mortel, ce fléau de la terre,

» Dont le nom redoutable imprime la terreur.

» De ses affreux desseins il déguise l'horreur,

» Mais il traîne après lui les maux de l'esclavage ;

» Et du grand Mahomet dévorant l'héritage,

» Il veut, des Musulmans pulvérisant l'autel,

» Éteindre la splendeur des enfans d'Ismaël.

» Le Ciel l'attend ici : son orgueil va comprendre

» A quels nouveaux périls il aurait dû s'attendre.

» Des vaillans Mameloucks l'invincible rempart

» Saura bien arrêter les efforts de son art,

» Et des fiers Osmanlis les guerriers intrépides

» Vont renverser les Francs au pied des pyramides.

» Mais, toi, brave guerrier, toi, héros des déserts,

» Verras-tu, sans frapper, leur gloire ou leurs revers ?

» Au joug de l'infidèle allant offrir ta tête,

» Ton cœur souffrira-t-il sa funeste conquête ?

» Non, non ; réveille-toi, rappelle ta valeur,

» Deviens des Musulmans la gloire et le sauveur.

» Le bras de Mahomet conduit ton cimeterre.

» Ne crois pas que, cédant à l'effroi du vulgaire,

» Des femmes de ces bords enviant le repos,

» J'aille dans un sérail, exempte de travaux,

» Attendre lâchement les volontés d'un maître.

» Je méprise ces mœurs, et mon âme peut-être

» Est digne de braver ces insultantes lois.

» Je sais que de l'honneur méconnaissant la voix,

» Mon sexe ici languit au sein de l'esclavage ;

» Mais le ciel d'un héros m'a donné le courage.

» Sous l'habit des guerriers, au milieu des combats,

» Vaillant Abdélazis, je veux suivre tes pas ;

» En bravant tes périls, j'aurai droit à ta gloire.

» Un jour, de mes exploits honorant la mémoire,

» Mahomet m'ouvrira les palais radieux

» Que ces lois ont fermés aux femmes de ces-lieux.

» D'ailleurs, quoi de plus doux à ma reconnaissance,

» A ce cœur qui te doit la vie et l'innocence ,

» Que de sentir ta joie ainsi que tes douleurs,

» Que de suivre tes pas, ou vaincus, ou vainqueurs,

» De te voir chaque jour d'une palme éclatante

» Couvrir par ta valeur cette tête charmante,

» De jouir de ta gloire, et de la partager?

» Et si dans les combats trop prompt à nous venger,

» Ton courage invincible expose encor ta vie,

» Je couvrirai ton corps, et de mon sort ravie,

» Expirant dans les bras de mon libérateur,

» D'un seul de tes regards j'implore la faveur! »

J'étais ivre d'amour. Ces paroles brûlantes

Ranimaient de mon cœur les forces défaillantes.

J'adorais Azelma; j'avais tout oublié,

Tout, mon cher Alamar, jusques à l'amitié;

Et, dès que, commençant sa rapide carrière,

Le soleil sur le Nil répandit sa lumière,

Le dieu de Mahomet, des hauts palais du Ciel,

Entendit le serment d'un amour éternel.

Mais connais un secret qui pesait à mon âme.

Ce jeune Mamelouck, dont l'héroïque flamme

Porte l'enthousiasme aux cœurs des Musulmans,

Eh bien! c'est Azelma. Tu sais quels châtimens

Puniraient aujourd'hui son amour téméraire.

Elle brava nos lois. — Ami, ce cimeterre,
A repris Alamar, punirait le mortel
Qui prétendrait trouver son amour criminel.
Ton insultant silence, Alamar le pardonne.
Écoute... le tambour dans tout le camp résonne ;
Marchons vers Abdallah. Puissions-nous dès demain
Foudroyer le Français, et nous venger enfin !

FIN DU CHANT PREMIER.

CHANT SECOND.

CHANT SECOND.

SUJET.

Napoléon. — Il marche sur le Thabor. — Nuit sur les
hauteurs de Safarieh.

Cependant, de la mer côtoyant le rivage,
Odon de son coursier ranime le courage.
Les premiers feux du jour s'élevant dans les cieux,
Répandaient sur les flots un éclat radieux,
Et de Ptolémaïs [1] faisaient pâlir le phare.
Au loin apparaissait la cité du barbare;
D'éclatans étendarts, anglais et musulmans,
Couvrent ses minarets, ses tristes monumens.

[1] Saint-Jean-d'Acre.

Plus près, du camp français on aperçoit les tentes,
Ses fusils en faisceaux, ses enseignes brillantes.
Dans le vaste désert le tambour retentit ;
Les échos du Carmel répondent à ce bruit ;
Et, du haut du palais que l'infidèle honore,
Le canon musulman a salué l'aurore.

Dès l'aube du matin, s'arrachant au repos,
Napoléon pensif errait aux bords des flots.
De l'immense horizon qui borne au loin sa vue,
Ses regards incertains parcourent l'étendue.
Il contemple les mers de Sidon et de Tyr.
Des siècles écoulés l'éloquent souvenir,
De ces peuples éteints la grandeur éclipsée,
Le néant de la gloire, assiégent sa pensée.
Ce désert sillonné par le feu des combats,
Où de Moïse un jour l'Hébreu suivit les pas,
Où Cyrus a marché sur les cités en cendre,
A frémi sous les pieds du coursier d'Alexandre.
Il a vu des Romains l'étendart oppresseur ;
Et du grand Mahomet le fer législateur,

De l'Arabe surpris, au milieu des batailles,
Éveillant l'héroïsme, a frappé ses murailles.
Du drapeau de la croix les brillans chevaliers
De ces bords malheureux cueillirent les lauriers.
Tamerlan, sur ses pas entraînant les Tartares,
Y guida de Gengis les descendans barbares ;
Et portant devant lui le trépas et l'horreur,
Des peuples ébranlés fut le dominateur !...
Aujourd'hui c'est son tour ; le triomphe s'apprête.

Sa pensée un moment a revu sa conquête :
Du peuple égyptien les impuissans remparts,
Où flottent en vainqueurs ses brillans étendarts !
Ce sable dévorant, aux vagues enflammées,
Qui du cruel Cambyse engloutit les armées,
Respecta ses drapeaux ! Quels souvenirs pour lui !
Ces marbres, ces débris, dispersés aujourd'hui,
C'est Thèbes ! c'est Memphis ! En sa puissance altière,
Là, Sésostris a vu les rois dans la poussière !
Desaix y triomphait ! A ces vastes tableaux
Il s'enflamme.... Le Nil exhume ces tombeaux.

La science a fouillé ces sépulcres antiques

Où dormaient du passé les obscures chroniques,

Sources de vérités, et trop souvent d'erreur!

Race de Ptolémée, il aura ta splendeur!

Ses mains achèveront tes imparfaits ouvrages;

Le commerce à sa voix va féconder ces plages;

Sur le berceau des arts il voit les arts briller.

Il abat l'Ottoman! Son coursier va voler

Jusqu'au fleuve aux flots d'or que l'Indien révère.

Tout tombe!.. Quels regards où se peint la colère!

Qu'a-t-il vu? Saint-Jean-d'Acre, et des drapeaux
          anglais

Protégeant de Djézar les lugubres palais.

Quoi! ces murs écroulés, sous sa foudre terrible,

Ont repoussé des preux le courage invincible!

Dans les fossés sanglans dorment ses grenadiers!

Un ennemi barbare insulte à ces guerriers

Dont le bras a conquis l'Égypte et l'Italie!

Ils ne sont pas vengés! Peut-être dans l'Asie

Ce mur doit arrêter le vainqueur étonné?

Sur sa puissante main son front s'est incliné.

Alors !... De l'horizon devançant les nuages,

Son œil de l'Occident croit revoir les rivages :

La France chancelante, ébranlée à sa voix,

Les champs italiens soumis par ses exploits,

Albion frémissant !... L'Europe est son empire !

Il règne !... Liberté, ton nom l'a fait sourire;

Sa main va renverser tes orgueilleux autels,

Sa main terrassera les superbes mortels

Dont l'orgueil oserait combattre sa puissance.

Dans l'obscur avenir le conquérant s'élance;

Son esprit exalté, formant ces grands desseins

Dont la force invincible enchaîne les destins,

Rêve sur des tombeaux la conquête du monde !

A son aspect, saisi d'une crainte profonde,

Vers son terrible chef Odon s'est avancé.

De son fougueux coursier son pied s'est élancé.

» Nos frères, a-t-il dit, sont en proie aux alarmes;

» Tout l'Orient s'émeut, et l'Asie est en armes !

» Du fond de ces déserts les peuples accourus

» Nous assiègent partout ! Il ne nous reste plus

» Que d'un trépas fameux la dernière espérance.

» Kléber et ses guerriers vont mourir pour la France.

» Si je meurs avec eux, je bénirai mon sort.

— Son dessein est formé ! « Je vais porter la mort !

» Avant deux jours l'Arabe aura cessé de vivre !

» Guide-nous vers Kléber. Mes guerriers vont te

suivre. »

Sa voix dicte aux destins des ordres absolus.

Il marche vers le camp. Des murmures confus

Disent qu'il va chercher de nouvelles batailles,

Et que de Saint-Jean-d'Acre on quitte les murailles.

Ses ordres sont donnés. Le tambour retentit,

La trompette résonne et l'acier resplendit.

Aux armes ! Tout s'ébranle, et les coursiers hennissent.

Aux armes ! De ce cri les plages retentissent ;

Et les éclairs du sabre ont brillé dans les airs,

Et le choc des fusils fait gémir les déserts.

Aux armes ! en avant ! fiers enfans de la gloire !
Dans l'œil du conquérant chacun lit la victoire.
L'armée est rassemblée : elle marche, et soudain
De belliqueux accords frappent l'écho lointain.

Lannes la voit partir, et brise son épée.
D'un généreux courroux sa grande âme est frappée.
On combattra sans lui ! Mais dans Ptolémaïs
Il doit garder Djézar et nos fiers ennemis.
Ses soldats affligés, abandonnant leurs tentes,
Portent long-temps les yeux sur ces forêts mouvantes
Où brillent de l'acier les livides clartés.
Enfin tout disparaît à leurs yeux attristés.

Déjà le jour s'enfuit, la nuit couvre la terre.
Napoléon s'arrête ; et les fils de la guerre,
Des monts de Safarieh couronnant les hauteurs,
Du repos un moment savourent les douceurs.
La lune darde au loin ses lueurs éclatantes,
Et frappe du Liban les montagnes brillantes

Que d'un voile blanchi la neige couvre encore.

L'astre en leurs cavités plonge ses rayons d'or.

Dans la nature en deuil tout garde le silence;

Cependant quelquefois dans le désert immense

On entend retentir le cri des fiers coursiers,

Le murmure des vents, ou la voix des guerriers;

Et les flots se brisant sur le lointain rivage,

D'un bruit sourd et confus font résonner la plage.

Suivi de deux guerriers, triste, silencieux,

L'orgueilleux conquérant laissait errer ses yeux

Sur les monts élevés du désert des miracles;

Son âme s'enflammait à ces vastes spectacles.

Il cherchait du Liban les cèdres éternels,

Des prophètes divins monumens solennels.

Vers le Carmel antique il reportait sa vue,

Et son esprit pensif, franchissant l'étendue,

Croyait voir du Jourdain les rivages détruits,

De la triste Sion les magiques débris,

Ou du riant Hébron les fertiles vallées,

Présentant aux regards des plaines désolées,

Des sables dévorans, le désert et la mort.
Hélas ! de nos grandeurs tel est toujours le sort !

Une voix tout-à-coup a frappé son oreille.
Comme d'un songe vain le conquérant s'éveille.
D'une grotte profonde un étranger sorti
S'approche du guerrier, s'incline devant lui.
Le chagrin sur son front imprima ses vestiges ;
Il paraît un mortel du siècle des prodiges,
Un patriarche antique. « Étranger malheureux,
» Lui dit le conquérant d'un ton respectueux,
» Seriez-vous habitant de ce désert horrible ?
» — Est-il donc un mortel à mon malheur sensible ?
» O France, ô ma patrie, ô voix douce à mon cœur !
» D'entendre ton langage ai-je encore le bonheur ?
» Hélas ! depuis cinq ans de douleur et d'alarmes
» La main d'aucun Français n'avait séché mes larmes.
» Venez, braves guerriers, et plaignez mes malheurs. »
Il les guide au séjour, seul témoin de ses pleurs.
De rochers chancelans sa grotte est entourée ;
Par le cèdre enflammé la retraite éclairée

Montre aux yeux des Français les grappes du raisin

Qu'un soleil dévorant mûrit en son jardin.

En l'offrant aux guerriers, le triste solitaire

S'assied en soupirant, l'œil baissé vers la terre.

Sur un rocher brisé, vis-à-vis du vieillard,

Napoléon s'appuie. « O Français, quel hasard,

» Ou quel affreux destin te fit fuir ta patrie?»

» — Les chagrins de leur fiel abreuvèrent ma vie.

» Accablé de regrets, du ciel abandonné,

» Je résolus de fuir le pays fortuné

» Où s'étaient écoulés les jours de mon enfance;

» Un vaisseau m'enleva des rivages de France :

» La mort m'avait privé de tout ce que j'aimais :

» Une mère, une épouse, un fils que j'adorais,

» Elle avait tout ravi! L'âme sombre et flétrie,

» Sans un cœur qui m'aimât, je crus, dans ma folie,

» En quittant mon pays échapper à mes maux.

» Le bonheur avait fui, je cherchais le repos !

» Vain espoir ! sur ces bords jeté par un naufrage,

» Aux sables de Sara, dans un dur esclavage,

» En proie à des tourmens qui vous feraient horreur,
» Sous le joug du sauvage, objet de sa fureur,
» Je traînai dix-huit mois ma vie et ma misère,
» Sans aucun confident de ma douleur amère,
» Seul avec mes regrets et l'espoir de la mort !
» Un instant l'Éternel eut pitié de mon sort,
» Et son bras, m'arrachant au pouvoir des sauvages,
» Me fit franchir enfin ces effroyables plages,
» Ces vastes océans de sables éternels,
» Où j'appelai la mort en des jours trop cruels.

» Je dirigeai mes pas vers les bords de Syrie,
» Et vis Ptolémaïs au croissant asservie.
» Daher régnait alors dans la cité des preux,
» Monument immortel de leurs exploits fameux,
» Qui de Philippe-Auguste a vu briller la gloire,
» Et du vaillant Coucy garde encor la mémoire.
» A la cour de Daher présenté malgré moi,
» Comblé de ses faveurs, je lui donnai ma foi.
» L'amitié nous unit ; sans remords et sans crainte,
» Caché sous le turban, j'adorai la croix sainte.

» Il connaissait ma foi. Pour son cœur généreux,

» Chrétiens ou Musulmans, les mortels vertueux

» Furent jusqu'à sa mort comme un peuple de frères.

» Alors je me berçais de brillantes chimères,

» Du grand Vincent de Paule obscur admirateur,

» J'eus l'orgueilleux espoir de dissiper l'erreur,

» Tant de fois en ces lieux le signal de la guerre ;

» Et j'osai croire enfin qu'un jour sur cette terre,

» Je pourrais de mon Dieu faire adorer l'autel.

» Songe superbe et vain d'un impuissant mortel !

» Le trépas de Daher termina mon délire.

» Le farouche Djézar s'emparant de l'empire,

» Apporta parmi nous la mort et la terreur.

» Je quittai Saint-Jean-d'Acre, et cachai ma douleur

» Au fond de ces déserts où dormira ma cendre.

» Il me restait encor bien des pleurs à répandre ;

» Le temps, qui détruit tout, ne les a point taris. »

Quelques larmes coulaient de ses yeux attendris,

Et se mêlaient aux flots de sa barbe blanchie.

Du sombre conquérant l'âme était agrandie.

Ce vieillard, cet asile, et l'aspect de ces lieux

Vers l'enfance du monde ont ramené ses yeux.

Il croit d'un patriarche entendre la voix sainte :

Élevant des regards où la douleur est peinte,

Le vieillard a repris : « Cinq ans sont écoulés

» Depuis qu'un voyageur vers nos bords désolés

» Parvint, et visita ces demeures sacrées

» Qui couvrent du Liban les cimes révérées [1].

» O Dieu, quel souvenir ! ô jour d'éternel deuil !

» Notre France, dit-il, va descendre au cercueil :

» Ses enfans égarés, en proie à leur furie,

» Abreuvent de leur sang notre triste patrie.

» Le glaive français brille et frappe des Français ;

» Ils parlent de vertus, tous souillés de forfaits.

» C'en est fait ! il faut être ou bourreaux ou victimes ;

» La France s'engloutit dans un gouffre de crimes ;

» Tout obéit, tout cède à des partis cruels ;

» Les trônes sont brisés, et Dieu n'a plus d'autels.

» Ce généreux Louis, ce roi dont la mémoire

» N'offre que des vertus à l'inflexible histoire....

[1] Couvents Maronites. *Voy.* M. de Chateaubriand.

» Vous frémissez, Français!.... Que devins-je à ces

    mots?

» Et maintenant encor! » — Des larmes, des sanglots

Étouffent les accens du pieux solitaire.

Sur leur sabre appuyés, l'œil baissé vers la terre,

Les deux guerriers rêvaient aux fureurs du destin;

Et le fier conquérant sur sa puissante main

Laisse tomber son front obscurci de nuages!

«Mais, reprend le vieillard, éloignons ces images.

» Votre gloire immortelle a fait battre mon cœur.

» Le jeune Abdélazis, héros dont la valeur

» Du célèbre Ibrahim embrassa la défense,

» Vécut pendant trois ans aux rivages de France.

» Il m'apprit du Français les éclatans exploits;

» Et l'Europe tremblant à sa puissante voix,

» Et l'étranger vaincu chassé de ma patrie;

» L'intrépide Germain, dans les champs d'Italie,

» Expirant immolé sous le glaive des preux;

» D'Arcole et de Lodi les hauts faits glorieux!

» Il me peignit enfin nos phalanges brillantes

» Tombant comme le feu sur ces plages brûlantes,

» Et bravant du désert les sables dévorans.

» Il comparait vos pas aux immenses torrens,

» Traînant, renversant tout dans leurs courses rapides

» Il avait combattu le jour des Pyramides !

» De fureur, à ce nom, son regard s'enflammait :

» Ah ! pleurez, disait-il, enfans de Mahomet !

» Ces orgueilleux tombeaux, jusqu'ici votre gloire,

» Désormais votre honte ! apprendront à l'histoire

» Le jour épouvantable où le Français vainqueur

» A porté dans vos rangs la mort et la terreur.

» Proclamant votre outrage, ils diront à la terre

» Ces mots du conquérant que Dieu, dans sa colère,

» Créa pour effacer le nom des Musulmans :

» Guerriers, s'écriait-il, du haut des monumens,

» Les siècles aujourd'hui vous contemplent ! » Des larmes

Que la rage excitait, mouillaient alors ses armes,

Bientôt du Conquérant le génie exalté

Fait resplendir son front d'une noble fierté :

«Par de nouveaux exploits notre gloire agrandie

» Retentira demain dans l'antique Syrie ;

» Devers le Mont-Thabor, l'astre éclatant des cieux

» Éclairera demain un de ces jours fameux ,

» Que conserve à jamais la mémoire des hommes.

» Je ne m'abuse point sur l'état où nous sommes.

» Privés de nos vaisseaux , que les flots d'Aboukir

» Dans une affreuse nuit naguère ont vu périr ;

» Éloignés des humains, sans appui que nous-mêmes,

» Abandonnés du monde en ces périls extrêmes,

» Que vois-je autour de nous? L'immensité des mers,

» Un barbare ennemi, des sables, des déserts !

» Si nous sommes trahis , si la valeur succombe,

» Eh bien ! ces bords sacrés deviendront notre

» tombe !

» Mais j'en crois ma fortune et nos cœurs valeureux,

» Grands comme les anciens, nous quitterons ces

» lieux. [1]

1 Paroles de Napoléon.

» Ibrahim et Djézar, terrassés par nos armes,

» Dans le camp de Mourad répandront les alarmes.

» Nous marchons sur Damas... L'Orient se soumet;...

» La force et le génie ont du fier Mahomet

» Recueilli l'héritage ! Et triomphant encore,

» Ce pays, qui des arts a salué l'aurore,

» Voit briller les clartés de ces jours fabuleux,

» Où le monde implorait ses sages et ses Dieux !

» Les déserts sont franchis.... Jusqu'aux plaines fé-
» condes,

» Où le Gange et l'Indus font bouillonner leurs ondes,

» Nous portons en vainqueurs nos drapeaux et nos
» lois.

» La Grèce se réveille au bruit de nos exploits :

» Ses héros rajeunis s'élancent de la tombe;

» Le Musulman frémit; Constantinople tombe;

» La Liberté renaît; et l'Hellène vengé,

» Jetant au loin les fers qui l'avaient outragé,

» Élevant des autels aux fils de la vaillance,

» Grave en airain les noms des héros de la France

» Auprès de ceux d'Homère et d'Épaminondas !

» Le Polonais accourt au-devant de nos pas !

» Nos bras l'arracheront aux maux de l'esclavage.

» L'Américain s'enflamme aux succès du courage ;

» De prodiges enfin les deux mondes surpris,

» Du beau nom de Grand Peuple ont orné mon pays ;

» L'univers est changé ! — Ciel ! que viens-je d'en-

        » tendre !

» A ton enthousiasme ai-je pu me méprendre ?

» Napoléon ! c'est toi que contemplent mes yeux !»

» A repris le vieillard. — « Abandonne ces lieux,

» Suis nos pas, viens sourire aux travaux de tes frères.

» — Pardonne à ma vieillesse, à mes douleurs amères ;

» Je ne serais pour vous qu'un pénible fardeau,

» Et ce séjour obscur doit être mon tombeau.

» Ce cœur infortuné, flétri par la tristesse,

» Des vaines passions ne connaît plus l'ivresse.

» La solitude et Dieu, voilà mon avenir ;

» Je n'aime plus la terre, et n'ai plus qu'à mourir.

» Ah ! si mon bras pouvait servir notre patrie !

» Mais non, l'âge a glacé ma force et mon génie…

» Adieu, Napoléon ! retourne à tes guerriers,

» Que demain la victoire ajoute à tes lauriers ;

» Qu'ils soient toujours sans tache ! Et que le ciel
        protège

» Et sauve le Français du péril qui l'assiége ! »

Rendant grâce au vieillard de ses pleurs, de ses vœux,

Napoléon rejoint les bivouacs, où les Preux

Dans un sommeil profond se reposaient encore,

Pour voler aux combats quand renaîtra l'aurore.

FIN DU CHANT SECOND.

CHANT TROISIÈME.

CHANT TROISIÈME.

SUJET.

Bataille du Mont-Thabor.

Aux plaines d'Esdrelon s'avancent les soldats
Que l'immortel Kléber conduit dans les combats.
L'astre brûlant du ciel, en des flots de lumière,
Inonde de ses feux cette plage guerrière,
Et semble glorieux d'éclairer ce grand jour.
Descendant de Naplouz et des monts d'alentour,
Des fils de Mahomet les drapeaux redoutables
Guident des Musulmans les peuples innombrables.
De leurs turbans dorés les plis étincelans,
Leurs vêtemens de pourpre et leurs sabres brillans,

De leurs coursiers fougueux la pompe orientale,
Que le fier Mamelouck avec orgueil étale,
Réfléchissant l'éclat d'un soleil radieux,
Paraissent aux regards comme une mer de feux.

Les échos du Liban ont rompu le silence
Qui plana si long-temps sur le désert immense.
Leur voix répond aux cris des superbes guerriers,
Aux longs hennissemens des farouches coursiers :
Tout retentit au loin de l'horreur de la guerre.
O spectacle imposant ! Les destins de la terre
Vont encore une fois se jouer en ce lieu,
Dont le sol entendit la parole d'un Dieu :
Le ciel même s'émeut ! De la voûte divine,
Les braves compagnons du vainqueur de Bouvine
Descendent glorieux. Ils viennent, ces héros,
Qui du fier Godefroi partageaient les travaux,
Le front ceint des lauriers que tresse la Victoire ;
Ils accourent aussi ces martyrs de la gloire,
Si grands dans le malheur ! les preux de Saint-Louis,
Ces chevaliers fameux, l'honneur de mon pays.

Sur un nuage ardent leurs ombres immortelles
Parcourent du Thabor les cimes éternelles.
Le mont tressaille et luit d'un éclat radieux ;
Comme au jour de miracle, où tout brillant de feux,
Tremblant sous les éclairs d'un formidable orage,
Il vit du Dieu vivant apparaître l'image.
Les ombres, que surprend cet aspect solennel,
Élèvent leurs regards vers le trône du ciel ;
Montrant avec orgueil ces mortels intrépides,
Dont le terrible bras, du pied des Pyramides
Portant dans l'Orient le glaive destructeur,
Des armes de Massoure a vengé le malheur.
Tout s'ébranle ! et déjà des globes de poussière
Des nombreux Musulmans couvrent l'armée entière ;
Leurs coursiers écumans, respirant les combats,
Semblent brûler la terre, appeler le trépas ;
Sous leurs pieds dévorans le sol tremble et résonne ;
D'une bouillante ardeur le combattant frissonne.

Au milieu de la plaine, immobile et sans peur,
Trop faible par le nombre et fort de sa valeur,

Le Français les attend. Deux légions sacrées
Opposent à leurs feux leurs phalanges carrées.
Un héros les commande, un héros dont le bras
Toujours à la victoire a conduit nos soldats ;
Le soutien de la France et l'orgueil de la terre,
Kléber, qu'épargnera le canon de la guerre.
Jour de douleur ! ô ciel ! le fer du meurtrier
Frappera lâchement ce noble chevalier !
Monde, honore sa cendre ! il n'a, durant sa vie,
Jamais flétri sa gloire et son noble génie ;
Émule de Desaix et du jeune Marceau,
Aussi pur que Bayard, il descend au tombeau.

Mais l'espace est franchi.... Tous ces peuples terribles
Semblent anéantir nos carrés invincibles ;
Mais rien ne peut briser ces murailles de fers.
Un nuage de poudre a volé dans les airs !
Des longs fusils d'airain le plomb mortel s'échappe,
En des torrens de feux la mort disperse et frappe.
Les premiers Ottomans, par la foudre écrasés,
Devant nos bataillons sont déjà renversés ;

Guerriers, chevaux, tout tombe ; et de la troupe
  altière
Les cadavres épars roulent sur la poussière.
« Mes enfans, » dit Kléber, dont l'œil étincelant
S'anime tout-à-coup d'un courage brûlant,
Ils tombent devant nous ! Seuls, nous vaincrons
  l'Asie !

Quelle voix retentit dans l'armée ennemie ?
Quel fougueux combattant s'avance avec fureur ?
Son aspect gigantesque inspire la terreur ;
Il agite son glaive, et palpitant de rage,
Au travers de l'Arabe il se fraye un passage :
« Enfans de Mahomet, baignez-vous dans le sang !
» Le Français nous oppose un rempart impuissant !
» Au carnage ! Alamar vous guide à la vengeance ! »
Des Ottomans sa voix est entendue ; il lance
Son coursier hennissant au sein des bataillons,
Entraînant après lui deux bouillans escadrons.
Aux accens répétés des lugubres fanfares,
Les soldats du désert mêlent des cris barbares.

Des nuages poudreux roulent devant leurs pas ;

Et pressant leurs coursiers avides de combats ,

Ils fondent sur les preux ! Mais l'horrible mitraille

Couvre encor de leurs morts le champ de la bataille.

Alamar se détourne : « Eh bien ! sachez mourir ! »

Dit-il aux Ottomans qui s'apprêtaient à fuir.

Sa voix parle à leurs cœurs : d'un courage sublime

Sept fois devant les preux ils tombent la victime ;

Sept fois d'autres guerriers viennent chercher la mort.

Alamar furieux s'écrie avec transport :

« Je saurai vaincre seul ! » et tout seul il s'élance

Sur ces remparts de fer qui bravent sa vaillance.

Le canon foudroyant vomit sur lui ses feux ;

Un nuage brûlant couvre l'audacieux :

L'Ottoman le croit mort , et frémit d'épouvante.

Le feu l'a respecté : d'une fournaise ardente

Le farouche Alamar semble aussitôt sortir.

Son sabre flamboyant paraît anéantir

Tout mortel orgueilleux dont la valeur l'arrête ;

Déjà de dix Français il a tranché la tête.

Il fond sur le drapeau que défend Olivier ;

Olivier, jeune encore, avide du laurier

Dont l'éternel rameau couvre le front du brave.

Fier de ce grand combat, et de la gloire esclave,

Le Français avec joie affronte mille morts.

Des guerriers accourus protègent de leurs corps

Le guerrier qui soutient leur enseigne chérie ;

Alamar les immole, et tout à sa furie,

Aux pieds de son coursier il foule avec bonheur

Les cadavres sanglans des fils de la valeur.

Sur ce rempart sacré l'étendart flotte encore.

Alamar, insultant les braves qu'il abhorre,

Porte sur Olivier son sabre terrassant.

Le jeune homme est frappé : C'en est fait, et son sang

A rougi l'étendart pour lequel il expire ;

Alamar s'en saisit dans un fougueux délire.

«La vengeance ou la mort ! » D'où partent ces clameurs?

Quel est ce cavalier aux regards destructeurs?

C'est Junot, dont le nom inspire l'épouvante ;

C'est l'Hercule nouveau de la lutte étonnante

Où Nazareth a vu combattre des géants.

Une ardente fureur s'empare de ses sens ;
Sur le fier Ottoman, saisi de rage, il tombe ;
Telle frappe en tonnant la formidable bombe.
Le coursier d'Alamar se cabre épouvanté ;
Mais l'Ottoman brandit son sabre ensanglanté :
Junot se précipite, et, d'une main hardie,
Arrache l'étendart de la main ennemie.
Le lançant aussitôt dans le carré français,
Il ressaisit ce fer qu'on ne vainquit jamais ;
Et, le cœur possédé d'une ardeur téméraire,
Il frappe de nouveau son farouche adversaire,
Qui, frémissant de rage, hors d'haleine et sans voix,
Recule devant lui pour la première fois.
Ils s'éloignent tous deux. Aux feux de son armée
Junot est exposé. Des globes de fumée
Couvrent les combattans d'un voile ténébreux,
Qui dérobe aussitôt leur lutte à tous les yeux.
Le fer frappe dans l'ombre, et d'une force égale
Ils éprouvent tous deux la puissance fatale.
Bientôt un plomb mortel, des rangs français lancé,
Immole de Junot le coursier renversé.
Le héros se relève. Alamar est à terre,

Et décharge sur lui son pesant cimeterre.

Frémissant de courroux, l'un sur l'autre acharnés,

Ils frappent. De leurs coups les guerriers étonnés,

S'indignant tous les deux de tant de résistance,

L'un par l'autre blessés, vont perdre l'existence,

Quand fondent sur Junot de nombreux Musulmans.

« Arrêtez, arrêtez! s'écrie aux Ottomans

» Le farouche Alamar; Mahomet! ma vaillance

» N'a donc pu jusqu'au bout assouvir ma vengeance!»

Sa voix est méconnue; et l'escadron fougueux

Entoure avec des cris le guerrier valeureux,

Qui, seul et sans coursier, résiste et frappe encore.

Le Français aperçoit le héros qu'il adore;

Il craint de l'immoler; il va briser ses rangs,

Et suspendre les coups des fusils dévorans

Pour courir vers son chef; mais le héros s'écrie :

» Feu! braves compagnons! L'arme de la patrie

» N'atteindra pas Junot! Feu! retenez vos pas,

» Je le veux!...» Le fusil fait voler le trépas;

Le Français immobile obéit et frissonne.

L'Ottoman de nouveau sous la foudre qui tonne

Se renverse. O bonheur! le héros conservé

Se jette dans nos rangs. Français, il est sauvé !

Kléber, qui de Junot avait perdu la trace,

Et pleurait le héros, le retrouve et l'embrasse.

« Fier Junot, disait-il, palpitant de bonheur,

» Oh ! viens, de mon pays illustre défenseur !

» Hélas ! en te pleurant, je pleurais sur nos frères ! »

Épuisé de fatigue, inclinant ses paupières,

Le guerrier rougissait qu'on pût lui résister,

Et s'écriait : « Kléber ! cesse de m'arrêter,

» Laisse-moi disperser cette foule orgueilleuse !

» J'irai seul au combat ! » De son ardeur fougueuse

Le chef s'efforce en vain de contenir l'essor ;

Il murmure, et des rangs veut s'éloigner encor.

Pendant que vers Naplouz, au milieu du carnage,

Les guerriers déployaient cet étonnant courage,

A gauche ¹, Abdélazis conduisait à la mort

____

¹ A gauche des Français, du côté de Fouli.

L'Ottoman, dont vingt fois le ciel trahit l'effort.

Le jeune et bel Arabe, au sein de la mêlée,

Sur les corps des mourans de sa troupe accablée,

Pour la dixième fois veut tenter les hasards.

Des Mameloucks détruits les cadavres épars

Entourent des Français le carré formidable,

Et forment devant eux un rempart effroyable.

Le bel Abdélazis, de ce spectacle affreux,

En frémissant d'horreur, a détourné ses yeux,

Qui, baissés vers le sol, versent de sombres larmes.

Avec plus de fureur il ressaisit ses armes :

» O fils de Mahomet! La mort conduit au ciel!

» Abdélazis y court. Le prophète immortel

» Sur un nuage ardent guide l'âme du brave!

» La mort! honte au guerrier qui voudrait vivre es-

      clave! »

Il part, et tout s'ébranle, et le suit en criant :

» Allah! mort aux Français! » Un tonnerre effrayant

Gronde, et le plomb brûlant et la poudre enflammée

D'une grêle de feux accablent son armée.

On se renverse, on meurt; mais rien ne peut troubler

Le mortel qui sait voir le trépas sans trembler;

Sur le canon tonnant il fond d'un pas rapide ;
Le péril est un jeu pour son âme intrépide :
Jusqu'aux soldats français Abdélazis parvient ;
Un farouche escadron s'élance et le soutient.
Noir enfant de l'Atlas, le féroce Siphante,
Géant à demi-nu, de qui la main sanglante
D'une hache de fer frappe les combattans,
Le devance, et poursuit de ses cris insultans
Le Français, qui, sans peur, toujours inébranlable,
Oppose son courage à leur choc redoutable.
La bayonnette brille, et son terrible acier
Présente aux Musulmans un rempart meurtrier.
Au sein des feux ardens le sauvage Siphante
A perdu son coursier. Sa hache dévorante
Entasse autour de lui les Français abattus,
Qui font contre son bras des efforts superflus.
Il nage dans le sang ; et, dans sa joie atroce,
Il paraît enivré de ce plaisir féroce.

Un vieillard, un héros, s'est élancé sur lui ;
Il blesse le barbare. A ce coup étourdi,

Siphante a reculé ; mais d'une main pesante

Il frappe le Français de sa hache sanglante.

Le vieux guerrier chancèle, et son œil s'est fermé.

Siphante frappe ailleurs. Adalmant alarmé,

Qui près de ce héros se défendait encore,

Voit son père mourir ; son front se décolore.

Il s'élance vers lui, le soutient dans ses bras.

Mais le vieux guerrier sort de la nuit du trépas !

Il porte vers le ciel un œil sombre et sans larmes :

« O patrie ! ô mon frère ! ô mortelles alarmes !

» Dis-moi, mon fils encor défend-il nos drapeaux !

» — Ah ! c'est lui qui t'embrasse. » Un torrent de
    sanglots

Étouffe d'Adalmant les accens lamentables.

« Mon fils, viens sur mon cœur... Nos frères indomp-
    tables

» Sauront vaincre sans moi..... Pourquoi pleurer ? je
    meurs ;

» Mais au champ de la gloire... Est-ce donc par des
    pleurs

» Que tu prétends venger le trépas de ton père ?

» Est-ce d'un songe vain l'image mensongère,

» Ou du fier Musulman n'entends-je pas les cris?

Nous tombons sous le nombre..... Ah! va mourir,

   mon fils. »

Les Sarrasins altiers fondent pleins de furie

Sur le jeune héros, qui prodigue sa vie

Pour défendre le corps de son père expirant.

Seul, il fait face à tous : son sabre déchirant

Renverse les efforts de la troupe nombreuse,

Qui frémit de colère en sa rage orgueilleuse.

Mais Siphante paraît ; il voit avec mépris

Devant un seul Français les Musulmans surpris.

Moins terrible et moins prompt , sur la brûlante plage,

Le lion affamé de, meurtre et de carnage ,

Roulant un œil sanglant, et tremblant de fureur ,

Dévore en rugissant l'imprudent voyageur,

Disperse les lambeaux de sa chair palpitante.

Adalmant est frappé de la hache accablante ;

Il tombe , et, près du corps du père qu'il chérit ,

Il se tient à genoux : son âme s'agrandit.

Le vieux soldat renaît à ce moment suprême ;

Il a saisi la main du noble enfant qu'il aime.

Adalmant exalté frappe encor l'Africain.

Siphante se redresse ; il blasphème, et soudain
Son bras a massacré le héros qui l'arrête :
Il sourit ; et du père a fait voler la tête.

Ouvre-toi ! des vertus ô séjour immortel !
Vaste plaine des cieux, trône de l'Éternel !
Ouvre-toi ! Des guerriers reçois l'âme héroïque.
Gloire à leur cendre ! Et toi, dont la voix fanatique,
Des mortels ignorés dédaignant les exploits,
Ne célèbre jamais que les grands et les rois,
De ces héros soldats, de ces nobles victimes,
Muse, proclame ici les dévoûmens sublimes.

Tout périt sous les coups des nombreux Musulmans.
Chaque soldat français, fidèle à ses sermens,
Reçoit la mort sans peur, en invoquant la France.
Kléber voit le péril ; il y court. Sa présence
Remplit encor d'espoir le cœur du combattant.
Comme un phare élevé, son panache éclatant
Flotte et brille au-dessus des enfans de la guerre.

De son coursier fougueux le pied brûle la terre !
Son œil s'est enflammé ! sa bouche parle à tous :
« Vainqueurs de l'Orient ! Kléber meurt avec vous ! »
Mais Siphante l'attaque en vomissant l'injure.
Kléber ouvre en son cœur une immense blessure ;
Il jette un cri de rage, et frappe au même instant :
Kléber plonge le sabre en son corps palpitant.
Le barbare gémit ; mais sa douleur l'irrite :
Tout sanglant, furieux, il fond, se précipite
Sur le héros français ; il frappe, mais soudain
La hache chancelante échappe de sa main.
Il meurt en rugissant comme un monstre sauvage,
Et de ses cris affreux fait retentir la plage.

Parmi les Musulmans, de l'Africain vengeur
La mort a répandu la rage et la terreur,
Abdélazis paraît en des flots de poussière,
Le sabre qu'il agite éclate de lumière,
Et semble de la foudre un rayon échappé,
Éclairant tout le ciel que ses feux ont frappé :
« Il n'est pas là celui qui préside aux batailles,

» Celui dont la puissance a frappé vos murailles !

» Bonaparte, aujourd'hui loin du champ des combats,

» A vos sabres vengeurs a livré ses soldats !

» Fils du Ciel, en avant ! » Il dit, tout se disperse ;

Le guerrier qui l'attend aussitôt se renverse.

La mort vole à ses cris. Frémissant de courroux,

Le valeureux Kléber se présente à ses coups.

Aux sinistres clartés de la poudre enflammée,

Enveloppés tous deux d'une épaisse fumée,

Qui de ce grand combat dérobait aux guerriers

L'appareil menaçant et les coups meurtriers,

L'un de l'autre jaloux, pleins d'un même courage,

Les héros ennemis s'attaquaient avec rage,

Dignes de se combattre, et dignes d'être amis.

Pourquoi Dieu cacha-t-il aux regards éblouis

De leurs exploits fameux cette arène guerrière ?

Crains de les offenser par un chant téméraire,

Muse ; admire en silence, et respecte les preux !

Sur le champ de la mort laissant errer ses yeux,

Azelma soupirant au sein de la mêlée,

Appelait son époux, plaintive et désolée.

Ce n'est plus ce héros au courage vengeur,

Qui dans les rangs français veut porter la terreur,

Inspirer aux guerriers son ardeur martiale.

En laissant le matin sa couche nuptiale,

D'une molle langueur les regards obscurcis,

Serrant contre son sein le jeune Abdélazis,

Elle avait de ses pleurs mouillé la chevelure

Qui couvrait en tombant sa légère parure :

« Mon amant, mon époux, le Ciel à mes désirs

» Refuse le bonheur et nos chastes plaisirs.

» Une douleur mortelle en mon cœur vient de naître.

» Pour la dernière fois je t'embrasse peut-être :

» Le jour de deuil a lui ! Des présages affreux

» Ont jusque dans tes bras épouvanté mes yeux.

» Abdélazis ! hélas !... » Languissamment penchée,

Elle cherche à sourire, et, la vue attachée

Sur les traits pâlissans de son vaillant époux,

Elle voudrait mourir en des momens si doux.

Mais le clairon sonna ! Le fier guerrier s'enflamme,

Et l'épouse, à ce bruit, a frémi dans son âme.

Elle accourt cependant sur le champ des combats,

Et près de son amant veut braver le trépas.
Elle vole, elle appelle, et l'amour l'a conduite
Près des deux combattans : elle se précipite.
Hélas ! les deux héros, par leur seule valeur
Soutenus au combat, se frappaient sans vigueur.
Leur force est épuisée : Abdélazis chancèle ;
Près de céder aux maux que sa pâleur décèle,
Il effraie Azelma : « Guerrier ! qui que tu sois,
» Tu l'auras combattu pour la dernière fois. »
Elle fond sur Kléber ; et le héros s'élance !
A défaut de sa force il trouve sa vaillance.
Au léger mouvement de ce sein palpitant,
Aux traits, à la beauté du jeune combattant,
Kléber reste surpris ! Chevalier, de son glaive
Il arrête l'essor, à ses coups il fait trève,
Azelma s'en irrite, et frappe avec ardeur.
Kléber sait repousser le fer de l'agresseur,
Et ménage toujours la jalouse guerrière.

Des Mameloucks, perçant les feux et la poussière,
S'élancent ! Leurs clameurs ont monté dans les airs :

« Gloire aux fils du prophète ! aux enfans des déserts !

» Alamar est vainqueur, et c'est dieu qui l'inspire !

» Le Français a vécu ! » D'un effrayant délire,

A ce nom d'Alamar, à ce péril nouveau,

Kléber tremble et palpite : « Es-tu notre tombeau,

» Désert ? O mes enfans ! » Il fuit, il abandonne

La gauche du combat, où le trépas moissonne

De ses braves guerriers les derniers défenseurs.

Vers la droite il s'élance... O comble de douleurs !

Tout périt ; Junot seul, à pied, inébranlable ,

Brave des Ottomans l'attaque formidable.

Il nage dans les flots de fumée et de feux ;

Mais Kléber contemplant un groupe audacieux :

« Amis , il faut sauver les enfans de la France,

» Arrêtez l'ennemi, rendez-nous l'espérance ;

» Allez , périssez là !.... Je vous livre à la mort !

» —Il suffit ; adieu, France ! » Ils ont béni leur sort !

Dans la mort les héros ne voyant que la gloire,

S'avancent sans pâlir comme au jour de victoire.

Le fer les a trouvés fidèles à leurs vœux.

Ils ne sont plus ! O muse ! éloigne de mes yeux

Ce lugubre héroïsme et ce vaste carnage ;

Cache-moi ces Français, victimes du courage,
Loin des bords révérés de leur noble pays,
Sous le nombre accablés tombant anéantis!

Toi, qui du haut du ciel diriges les empires,
Et vois avec pitié les terrestres délires,
Laisseras-tu, grand Dieu, succomber à leurs maux
L'espoir de mon pays, ses enfans, ses héros?

FIN DU CHANT TROISIÈME.

CHANT QUATRIÈME.

CHANT QUATRIÈME.

SUJET.

Suite de la Bataille du Mont-Thabor. — Arrivée de Napoléon. — Victoire. — Mort d'Azelina et d'Abdélazis. — Fin de la Bataille.

Du haut des monts lointains qui dominent la plaine ,
Le canon retentit..... Une terreur soudaine
Saisit de Mahomet les bataillons vainqueurs.
Bonaparte ! Ce mot a fait trembler leurs cœurs :
Ils découvrent déjà ses enseignes flottantes,
Déployant dans les cieux leurs couleurs éclatantes.
Les Français de sa foudre ont reconnu la voix,
La voix de la Victoire , et la terreur des Rois !
« C'est lui ! » Les grenadiers ont agité leurs armes :
Ce cri parcourt les rangs et chasse les alarmes;
Les transports de la joie éclatent dans les airs ;

« En avant ! En avant ! C'est lui, plus de revers !
» C'est le soldat d'Arcole, il saura vaincre encore ! »

Du fier sommet des monts, son œil brûlant dévore
De ce combat sanglant l'aspect prodigieux :
Il voit de ses soldats un groupe audacieux
Défiant les guerriers de l'Asie assemblée.
Il parcourt du Thabor la plaine désolée :
Doit-il en ces déserts terminer son destin ?
Les trônes d'Occident l'appellent-ils en vain ?
Son génie a conçu l'étonnante victoire
Dont les peuples futurs garderont la mémoire.

L'orgueilleux conquérant a commandé : sa voix
De la fortune esclave a proclamé les lois.
Frappant de l'Ottoman la foule enorgueillie,
Son glaive va punir les peuples de l'Asie.
Déjà sa faible armée a, dans sa noble ardeur,
Témoigné par des cris sa bouillante valeur,
Elle marche, et sa vue a délivré les braves.

D'un sort trop rigoureux ils brisent les entraves.

La joie a reparu : le Musulman pâlit ;

Kléber s'écrie : « Enfans ! Bonaparte conduit

» Dans les rangs Ottomans la mort et l'esclavage ;

» Aux mânes des Français étendus sur la plage

» Sacrifions, amis, leurs cruels meurtriers !

» Junot, vole à la charge ! En avant, grenadiers !

» Déjà l'Arabe hésite et nous livre sa vie. »

Par des cris de valeur sa voix est accueillie.

Des grenadiers vengeurs Verdier conduit l'effort ;

Et, portant devant lui l'épouvante et la mort,

Junot des cavaliers presse le choc rapide.

Déjà Fouli succombe à l'attaque intrépide ;

Déjà la bayonnette a de corps immolés

Jonché tous ses jardins et ses murs écroulés.

Les soldats de Verdier, que sa vaillance excite,

Poursuivent l'Ottoman, qui, frappé dans sa fuite,

Tombe devant Junot et ses fiers cavaliers.

Le sabre anéantit les farouches guerriers.

Gloire aux nobles débris des légions terribles

Dont Kléber a conduit les efforts invincibles !

La charge des tambours approche, retentit,

Et la trompette y joint son formidable bruit.

Où volent ces dragons, ces légions brillantes,

Ces guerriers couverts d'or, aux aigrettes flottantes?

Un cavalier s'élance au-devant de leurs pas !

Ce simple vêtement noirci dans les combats,

Ces longs cheveux épars, ces regards intrépides;

L'armée a reconnu l'homme des Pyramides.

L'orgueilleux conquérant sur les peuples fougueux.

Que son bras va frapper, a promené les yeux;

Et, chassant devant lui les feux et la poussière,

Son noir cheval arabe agite sa crinière,

Et le sol semble fuir sous ses pieds dévorans.

Un frémissement sourd a parcouru les rangs;

Des cris se sont mêlés au bruit de la mitraille;

Un seul nom retentit sur le champ de bataille :
Le Musulman l'écoute et pâlit de terreur !
« C'est lui de qui le bras indomptable et vengeur,
»Abandonnant au feu la Syrie accablée,
» Sur les débris fumans de Jaffa désolée ,
»Promena de la mort le glaive ensanglanté !
» C'est l'homme qu'a prédit Mahomet irrité !

Ces cris de l'Ottoman répandent l'épouvante.
Du valeureux Rampon la brigade vaillante
Arrive en ce moment aux plaines des combats ;
Sur le flanc de l'Arabe il a guidé ses pas ,
Tandis que vers Naplouz, courant d'un vol rapide ,
Vial a dirigé sa cohorte intrépide.
Tout tremble à leur aspect , et les monts d'alentour
Retentissent soudain des charges du tambour.

Cependant Ibrahim voit encor sa puissance
S'écrouler sous les pieds du soldat de la France.
Il cherche de Damas le prince ambitieux ;

Les deux chefs sont frappés du coup prodigieux
Que porte aux Musulmans l'homme de la Victoire.
« Eh bien ! dit Ibrahim , oubliez votre gloire !
» Devant un seul mortel que des peuples vainqueurs
» Tombent en bénissant ses ordres oppresseurs !
» Allez, vils Musulmans ; rampez , soyez esclaves ! »
Ces reproches amers ont fait rougir les braves :
Au milieu du péril Alamar est déjà !
Il méprise la mort que cent fois il brava ;
Honteux d'avoir pu craindre et fort de sa vaillance ,
Tout palpitant de rage , en un sombre silence ,
Il conduit au trépas ses soldats étonnés.
A l'aspect des guerriers au glaive abandonnés ,
Et tombant sous l'effroi qui vient glacer leur âme ,
Azelma des héros sent renaître la flamme.
Laissant devant Fouli le jeune Aldélazis
Contenir de Junot les guerriers affranchis,
Vers le fier conquérant dont le nom seul l'irrite ,
Bouillante de colère , elle se précipite ,
Elle vole ; à sa voix , d'innombrables guerriers
Au-devant des Français portent leurs pas altiers.
Napoléon les voit.... Son immense génie

A prédit les destins de l'armée ennemie.
Il la laisse avec calme avancer vers la mort,
Et marque sa défaite et son dernier effort!
Son œil brille de gloire, et, de sa main puissante,
Il montre à ses guerriers cette armée insultante.
Le signal est donné! La fortune obéit!
Le Français part, déjà l'épouvante le suit.

Dans l'éternel hiver des glaces de Russie,
Et sur les monts altiers de la Scandinavie,
Terrible enfant du Nord, l'ouragan désastreux
Semble sur l'univers précipiter les cieux,
Arrache les cités de leur base profonde,
Et sur ses fondemens ébranle au loin le monde.
Ainsi, dans leur fureur, les nouveaux assaillans
Dispersent devant eux les Arabes tremblans.

A cette lutte à mort, par son aspect magique,
Le conquérant imprime une force héroïque.
Ce n'est plus un combat! Le Musulman périt.

Tout l'Orient armé soudain s'anéantit.

La foule immense, atteinte et partout dévorée,

Se trouble, tremble, et fuit la phalange sacrée.

Bientôt le canon gronde! et l'homme des combats

Reconnaît de Vial les valeureux soldats.

Du côté de Naplouz leur foudre éclate et tonne.

Vers Jennin tout-à-coup la charge encor résonne.

Le destin s'accomplit! Frappé de tous côtés,

Le Musulman baissant des yeux épouvantés,

Et ne pouvant percer les calculs du génie,

Croit que le feu du ciel a menacé sa vie.

En proie au désespoir, l'un par l'autre blessés,

Les fils de Mahomet sont partout renversés,

Et leur foule innombrable a retardé leur fuite.

Alamar, seul, sans peur, frappe et se précipite.

Des guerriers d'Occident défiant les efforts,

Au milieu des Français il s'entoure de morts.

Au sein des escadrons, la gloire de la France,

Son turban paraît seul ; une vaste distance
Sépare le guerrier du timide Ottoman.
Une forêt de fers, du héros musulman
Qui rugit de fureur, couvre la tête altière,

Azelma l'aperçoit. L'intrépide guerrière
Parcourt avec dédain ses soldats stupéfaits :
« Chevaliers du Croissant, l'aurais-je cru jamais ?
» Vous avez oublié les jours de votre gloire.
» Déchirez vos drapeaux, souillez votre mémoire,
» Je vais vaincre ou monter aux palais éternels ! »
Quelques soldats, émus de ces mots solennels,
Ont suivi d'Azelma la course audacieuse.....
Mais la mort a frappé l'héroïne orgueilleuse !
Sa force l'abandonne, elle tremble et pâlit.
Son œil cherche le jour.... Elle s'évanouit.
Du secret des époux gardien sûr et fidèle,
Sélim fondant en pleurs est accouru vers elle.
Il soutient l'héroïne, et sur son noir coursier
Il l'enlève au travers du combat meurtrier.
Près de quelques palmiers, sous l'ombre hospitalière,

Le jeune Mamelouck dépose la guerrière,

Et la confie aux soins de tristes Osmanlis.

Azelma voit le jour, et dit : Abdélazis !

Sa voix s'éteint encore. Sélim se précipite :

Il cherche Abdélazis; et sa douleur l'irrite.

Aux débris de Fouli, sur des monceaux de morts,

De ses soldats tremblans excitant les efforts,

Le héros combattait, mais en proie aux alarmes.

Il aperçoit Sélim, qui l'instruit par ses larmes.

« Cruels pressentimens ! a-t-il dit; Azelma ?...

» — Vit encor; mais bientôt ce cœur qui t'adora,

» Peut-être... » Abdélazis, sans pouvoir rien entendre,

A quitté les guerriers qu'il savait seul défendre.

Aussi prompt que l'éclair, son coursier généreux

L'emporte en hennissant vers les funestes lieux

Où respirait encor sa vaillante maîtresse.

Aldélazis approche : O douleur ! ô tendresse !

Héros infortuné ! L'objet de son amour,

Sa fidèle Azelma, qu'au matin de ce jour

Il avait vue encor valeureuse et brillante,

Sans voix et sans regards; blessée et défaillante !

Il la baigne de pleurs, et ses baisers brûlans

De la jeune guerrière ont ranimé les sens :
Elle élève les yeux, et renaît à la vie.
Le soleil du désert à sa vue obscurcie
Fait luire ses rayons pour la dernière fois.
« Abdélazis, c'est toi ? Je meurs... Mais je te vois.
» Malheur à l'Orient ! Quel jour épouvantable !
» Mahomet nous trahit ; et son bras nous accable...
» Mais écoute... Le ciel m'a parlé : le Français
» Ne profitera pas de ses affreux succès :
» Le prophète a marqué le terme de sa gloire.
» Ah ! puisse-t-il un jour pleurer sur sa victoire !
» Puisse un jour sa patrie... et son chef orgueilleux
» Payer... Abdélazis ! ô mon époux ! » Ses yeux
Sont pour toujours, hélas ! fermés à la lumière.
Le héros est glacé : sur la jeune guerrière,
Silencieux, il porte un œil fixe et sans pleurs ;
D'un délire effrayant il ressent les horreurs.
Le rire est sur sa lèvre.... et son cœur se déchire.

Mais bientôt la terreur que le Français inspire,
Fait pousser vers le ciel des cris tumultueux.

Au sein des flots brûlans de fumée et de feux,

Les escadrons brisés roulent, se précipitent.

En vain des Musulmans les plus braves s'irritent.

Ce terrible rempart, ces Mameloucks altiers,

Des peuples d'Orient orgueilleux chevaliers;

Ces cavaliers fameux qu'admire encor le monde,

Anéantis, saisis d'une terreur profonde,

Du sombre conquérant reconnaissant les coups,

Et ce destin vainqueur, de leur gloire jaloux,

Prononcent en tremblant le nom des Pyramides!

L'un jette au loin son sabre, et les plus intrépides,

Dédaignant désormais un inutile effort,

En proie au désespoir, se livrent à la mort.

C'est alors que Sélim voit près de son amante

Le jeune Abdélazis. D'une voix suppliante :

« O mon maître, dit-il, regarde tes enfans

» Écrasés sous le fer des Français triomphans!

» De grâce, prends pitié de ta triste patrie,

» Défends, défends encor la déplorable Asie!

Abdélazis, plongé dans sa sombre douleur,

Est muet, insensible à cet appel vengeur.
« Est-ce là, dit Sélim, la valeur qui te reste?
» De ta vaillante épouse entends la voix céleste !
» Punis ses assassins ! » Un torrent de sanglots
Suffoque Abdélazis à ces funestes mots.
Il frémit, il s'agite, et d'abondantes larmes
Ont aussitôt mouillé ses éclatantes armes.
Avec des cris de rage il tombe sur les preux.

Son fer ensanglanté porte des coups affreux.
Sa douleur est sa force, et son bras invincible
A foudroyé des Francs la cohorte terrible.
A son aspect vengeur, à ses lugubres cris,
Les guerriers d'Occident se regardent surpris.
Il immole Abeilard, vers la terre étrangère
Enlevé dès l'enfance aux baisers d'une mère.
Il écarte les flots de poussière et de feux.
Les naseaux enflammés, son coursier belliqueux
Déchire de ses pieds les guerriers qui succombent;
Sous le fer du héros les fiers cavaliers tombent;
Mais le plomb l'a frappé ! Son bras s'agite encor.

Le glaive fuit sa main... Sur son vêtement d'or
Le sang coule à longs flots... Il pâlit... Sa paupière
Du soleil éclatant ne voit plus la lumière !
A l'ombre des palmiers où repose Azelma
Il expire, et rejoint celle qu'il adora.
A ce funeste aspect, des Musulmans s'arrêtent ;
A protéger son corps en pleurant ils s'apprêtent.
Kléber paraît. Bientôt son œil a reconnu
Le couple valeureux au cercueil descendu.
D'une noble douleur sa grande âme est frappée.
Il lève vers le ciel son invincible épée :
« Enfans, dit-il, honneur aux héros malheureux !
» Respect à la valeur ! O Français généreux !
» Quand le combat finit tous les braves sont frères ;
» Cueillez aussi pour eux les lauriers funéraires !
» A vos pleurs, Musulmans, nous mêlerons nos
» pleurs. »

Les Ottomans surpris regardent leurs vainqueurs.
Aux lieux où du Cison l'onde antique et sacrée
Arrose d'Esdrelon la plaine révérée,

Sous le feuillage ombreux du palmier des déserts,

Et près des ennemis qu'admira l'univers,

On foule des héros la dépouille dernière !

Sur les champs de la mort portant sa vue altière,

Le conquérant s'arrête... Il n'est plus d'ennemi !

Devant Napoléon tout l'Orient a fui ;

Et le dieu des combats à son puissant génie

Livre encore aujourd'hui les destins de l'Asie !

Où sont-ils maintenant ces peuples de guerriers,

Ces soldats du désert, aux regards meurtriers,

Ces fils de Mahomet, respirant la vengeance,

Qui devaient écraser les enfans de la France,

Et du fier Occident anéantir l'orgueil ?

Ils tombent ! Leurs déserts sont un vaste cercueil !

Fleuve sacré, Jourdain, ils ont fui vers tes ondes.

Vain espoir ! vains efforts !.... Sous tes vagues profondes,

Qui des siècles passés agitent les débris,

Et de cent nations ont dévoré les fils,

Ils vont trouver la mort! Le mortel intrépide

Dont le sabre sanglant doit, en son vol rapide,

Étonner l'Orient vaincu dans cent combats,

Épouvanter du Nord les farouches soldats,

D'une sombre terreur frapper au loin la terre;

Murat sur le Jourdain étend son cimeterre.

Aux plaines d'Esdrelon le carnage a cessé;

Par les armes des Francs l'Ottoman terrassé,

Couvre de ses débris ces campagnes immenses.

L'œil rencontre partout des sabres et des lances,

Des turbans couverts d'or, par le fer déchirés,

Des drapeaux du Croissant de mourans entourés,

Le Mamelouck tombé sur l'enseigne guerrière,

Des cadavres sans nombre épars sur la poussière.

Ces vêtemens d'azur entassés en ces lieux....

O ciel! qu'ai-je aperçu? Kléber, voilà tes preux!

La pâleur de la mort, sur leurs fronts magnanimes,

Peint encor leur courage et leurs vertus sublimes.

O France! en t'adorant, ces braves expiraient!

Ils couvrent de leurs corps le lieu qu'ils défendaient.

L'un porte vers le ciel un œil sombre et sans larmes ;

Ailleurs, un autre expire, et serre encor ses armes ;

Un autre embrasse encor un frère qui n'est plus.

Un vieillard se réveille, et dit : « Sont-ils vaincus ? »

Il meurt !... Un guerrier seul, le héros de l'Asie,

Grandit dans les périls, et méprise la vie :

Son œil menace encor les Francs victorieux,

Et son bras fatigué d'exploits prodigieux,

Soutient à peine un fer usé par sa vaillance.

Alamar se retourne, il a crié : Vengeance !

O grand Dieu ! que voit-il ? quelle horreur l'a saisi ?

Il n'a plus de guerriers, et seul il n'a pas fui !

Mais il élève encore un regard formidable,

Et va pour se frapper de son fer redoutable.

Tout-à-coup il s'arrête, et dit avec effort :

« Puisqu'il ne combat plus, Abdélazis est mort.

» Qui donc vaincra pour nous ? Que le Ciel te dévore,

» Farouche conquérant, que ma fureur abhorre !

» O Français ! Alamar vous hait trop pour mourir.

» Je fuis avec ma haîne, et c'est pour revenir.

» J'en jure Mahomet et ce ciel qui m'outrage !

» Vous me retrouverez ! Oui, croyez-en ma rage :

» L'univers peut fléchir ; mais Alamar, jamais !

Il lance son coursier, et quitte les Français ;

Mais, en son désespoir, sa fuite est menaçante,

Et, même en sa défaite, il frappe d'épouvante.

Déjà Napoléon vient d'élever la main.

La mort va s'arrêter ! Sur le désert lointain

Résonne du canon la décharge dernière.

La trompette a cessé la fanfare guerrière.

Du tambour des combats les sombres roulemens,

Ralliant les guerriers de momens en momens,

Se répondent au loin dans les champs du carnage.

Des cris confus et sourds font retentir la plage.

On se cherche, on s'appelle, et d'innombrables voix

Dans les airs obscurcis s'élèvent à la fois.

Des Musulmans captifs ici brisant leurs armes,

Regardent les vainqueurs, en répandant des larmes.
D'autres, sombres, sans voix, concentrent leur dou-
    leur.
Les héros dont Kléber enflammait la valeur,
Sont serrés tour-à-tour dans les bras de leur frère.
Les sabres, les fusils, les enseignes légères
S'agitent dans les airs en signes glorieux.
Deux amis, deux héros, sur leurs cœurs valeureux,
Se pressaient en silence. Un d'eux s'écrie : « Alfonse
» Survit-il à la gloire? » Et l'autre, pour réponse,
Lui montre de Kléber les braves renversés!
Ils se serrent la main, et de leurs yeux baissés
Une larme s'échappe. Aux clameurs belliqueuses
Se mêlent des guerriers les musiques pompeuses.
Le désert retentit. Du soldat exalté
Les cris d'enthousiasme ont partout éclaté.

Sur le champ des combats, théâtre de sa gloire,
Kléber portait un œil qu'enflammait la victoire;
Mais, près de ses enfans sur la poussière épars,
Le héros s'arrêta. Ses éloquens regards

S'élèvent vers le ciel : «Gloire, prends tes victimes,
» Dit-il en soupirant ; et vous, guerriers sublimes,
» Que mon cœur chérissait, vous, mes enfans, adieu !»
Il s'arrache à l'instant de ce lugubre lieu ;
Il court vers le Thabor, et son coursier rapide
Entraîne en hennissant le héros intrépide.

Au milieu d'étendarts poudreux et déchirés,
De glaives, de croissans aux Musulmans sacrés,
De débris dispersés, de brillans faisceaux d'armes ;
Au milieu des guerriers, d'Ottomans en alarmes,
Sur un canon noirci par le feu des combats,
Le conquérant assis, dictait à ces climats
Les ordres souverains que créait son génie,
Et fixait les destins des peuples de l'Asie.
Seul, au sein du triomphe, en ce jour glorieux,
Le héros demeurait calme et silencieux.
Son cœur semble étranger aux passions humaines.
Ni l'horreur des combats, ni ces clameurs soudaines
Que pousse vers le ciel le valeureux Français,
Ne peuvent le distraire. En ses vastes projets,

Il perça l'avenir. Les chances de la guerre,

La chute de l'Asie, et le sort de la terre,

Le moment du succès, il avait tout prévu !

Son œil dit aux humains : Tout cela m'était dû !

Trop superbe mortel ! si de ta destinée

Le ciel te découvrait la suite infortunée,

Tu pâlirais peut-être... A tes puissantes loix

L'Orient n'est pas dû ; mais, tremblant à ta voix,

L'Occident subjugué devient ton héritage.

Tu marches sur le monde... et meurs dans l'esclavage !

FIN.

ODES.

ODE I.

> *Manum suam extendit super mare : con-*
> *turbavit regna.*
>
> Le Seigneur a étendu sa main sur la
> mer : il a ébranlé les royaumes.
>
> Isaïe, chap. 23, v. 11.

.....Janvier, 1823.

De nos troubles civils nous voyons fuir l'orage ;
Riante, et du bonheur offrant la douce image,
La Paix descend du ciel, le front paré de fleurs.
Les beaux-arts l'ont suivie, et sa main nous présente
Les éloquens pinceaux et la lyre brillante,

Des mortels malheureux nobles consolateurs.
O ma belle patrie ! ô France infortunée !
En des gouffres de maux si long-temps entraînée,
A l'ombre des lauriers tu respires enfin !
Heureux qui, comme moi, ne vit pas tes souffrances,
Qui ne vit pas briller ces parricides lances,
Que tes fils égarés tournaient contre leur sein !

L'étranger, dans nos murs, osa porter ses armes :
De la France accablée ignorant les alarmes,
Au sein de la tempête, enfant, je souriais ;
Mais on m'a raconté les peines de mes frères,
Leur gloire, leurs exploits, leur fureur sanguinaire :
J'ai pleuré leurs malheurs, et surtout leurs forfaits.

A l'aspect de tes champs, ô lugubre Vendée !
O tombe des Français, par le sang fécondée !
Le ciel semble couvert de noirs voiles de deuil.
J'admire et je maudis votre étonnant courage.
Abhorrant des partis la détestable rage,

Je baigne de mes pleurs votre commun cercueil.

Accourez vers ces lieux, ô peuples de la terre !

Et contemplez les champs de cette horrible guerre ;

Venez, instruisez-vous au récit de nos maux.

Et toi, Dieu, qui conduis le destin des empires,

Si nous devions revoir ces effrayans délires,

Fais-nous plutôt descendre en la nuit des tombeaux !

Non, non ; bientôt, Français, vous n'aurez plus
       qu'une âme.

Embrasez tous les cœurs de votre noble flamme,

Sur les drapeaux français inscrivez votre nom ;

Bardes, allez cueillir les palmes éclatantes ;

Ornez d'un seul laurier les phalanges brillantes

Des Charles, des Louis, et de Napoléon !

Que de siècles de gloire, et quel bel héritage !

Quels tableaux sont offerts aux chantres de notre âge !

Muse, évoque aujourd'hui nos travaux glorieux !

Le nom seul des Gaulois décidait les batailles ;

Le Romain, sous leur fer, vit tomber ses murailles,
Et la reine du monde a tremblé devant eux !

Accourus des déserts de l'ardente Arabie,
Les fils de Mahomet sur l'Afrique asservie
Portaient avec orgueil l'étendart du Croissant.
Ils ont franchi les mers ! L'Hespérie est conquise,
La France est envahie, et l'Europe surprise
Au bruit de leurs exploits recule en frémissant.

C'en est fait ! l'univers s'incline en leur présence,
Le chrétien à genoux implore leur clémence.
Ses palais sont détruits, ses temples renversés :
Des ennemis du Christ le triomphe s'apprête.
Charles-Martel se lève, et son bras les arrête :
Sous le glaive des Francs ils tombent dispersés.

Tel, lorsque l'Océan, de ses sources profondes,
Sortit en vomissant les torrens de ses ondes,

L'Éternel le voulut, et le flot s'arrêta !

Mais un nom retentit du couchant à l'aurore ;

Orgueilleux, éclatant, semblable au météore

Brillant au sein des nuits que sa clarté chassa.

Charlemagne, salut ! Ton immense génie,

Des forêts du Véser au fond de l'Italie,

Imposait, en courant, tes immortelles lois.

Des fiers géants du Nord tout fuyait la vaillance ;

Mais ton glaive sanglant terrassa leur puissance ;

Et l'Europe effrayée obéit à ta voix !

Quels cris dans l'Orient ! Quel horrible carnage !

L'Occident ébranlé tombe sur ce rivage ;

Le désert engloutit ses peuples belliqueux.

Tous ces climats encor sont pleins de notre gloire.

Mais, hélas ! ils ont fui, les jours de la victoire,

Et des fers insultans chargent la main des preux !

France, cache à mes yeux cette pompe guerrière,

Ces étendarts des lys épars sur la poussière,

Ces chevaliers captifs en proie à la douleur.

Mais non, montre-les-moi ces augustes victimes ;

Admire leur courage et leurs vertus sublimes :

Saint-Louis dans les fers est plus grand qu'un vain-

    queur.

Le génie et la guerre ont tressé ta couronne,

Fils du divin Henri, quel éclat t'environne !

Aux rives de la Seine Athène a reparu ;

Oui, voilà ses beaux jours ! Conduits par le génie,

Les Arts sont triomphans ; la vaste Poésie

Règne sur l'univers, que son charme a vaincu.

Quelle rumeur soudaine agite au loin la France ?

L'univers s'en émeut ; aux armes il s'élance :

Au mot de Liberté, tout s'ébranle à-la-fois.

Mais la patrie en feu n'est qu'un champ de carnage ;

Les peuples frémiront en regardant notre âge :

Un cri s'est élevé du sépulcre des Rois !

Muse, suspends tes chants.... Quoi! des couleurs
    nouvelles
Couvrent de leur éclat nos bandes immortelles!
Austerlitz! J'aperçois l'aigle dominateur :
Son vol plane sur toi! Guerriers de la Russie,
Et vous, Germains, tremblez : votre fière patrie
Tombe sous les héros du soldat empereur.

Il porta ses drapeaux aux déserts de l'Asie,
Sur les sables brûlans de l'Égypte asservie,
Au fier sommet des monts qu'Hercule sépara,
Vers les palais détruits de l'antique Italie,
Sur les dômes sacrés des bois de Germanie,....
Sur les glaces du Nord, où l'armée expira.

Son règne va finir!... L'Europe est ébranlée;
A l'aspect d'un mortel la terre s'est troublée!
Nord, pourquoi vomis-tu ces torrens de soldats?
Quel dieu vengeur conduit tes nombreuses ban-
    nières ?

Pourquoi ces légions et ces flottes guerrières,
O superbe Albion?... Marchez, fils des combats !

C'est au sein de vos murs qu'ils vont porter la guerre.
Vole aux armes, Français! N'as-tu pas vu naguère,
Contre ton beau pays, le monde révolté ?
Va, tu peux vaincre encor ; comme alors, marche et
    frappe ;
Souviens-toi de Zurich et du jour de Jemmape :
L'Europe recula devant la Liberté !

Et toi, fier conquérant, dont le vaste génie
A plané sur la terre à tes lois asservie,
Ton épée est brisée, et ta foudre n'est plus !
Dieu le voulut ainsi : le courage succombe,
Les héros ont vécu! Peuples, gloire à leur tombe !
Gloire aux vainqueurs du monde au cercueil des-
    cendus !

Il s'élève un grand bruit ; il a rempli la terre !

Tellé, au dernier des jours, comme un bruyant
    tonnerre,
La voix de l'Éternel au loin retentira :
« Il est tombé ! » Comment le conquérant du monde,
Dont le nom seul frappait d'une terreur profonde,
A-t-il été détruit par ceux qu'il écrasa ?

Comment l'aigle orgueilleux, dont les ailes puissantes
Affrontaient du soleil les flammes éclatantes ;
Dont l'œil osait fixer l'astre brûlant des cieux ;
Qui se jouait naguère au milieu des orages ;
Précipité deux fois du sommet des nuages,
Baisse-t-il en pleurant son front majestueux ?

Mais fais trève à tes pleurs, ô France infortunée !
Non, Waterloo n'est pas le jour de Chéronée.
Il brille l'etendart que guidait Saint-Louis !
Il flottera long-temps sur les champs de victoire ;
Français, il est pour lui de longs siècles de gloire :
Couvrez-vous pour toujours de l'enseigne des lys.

Il est pour vous, ô rois ! ô puissans de la terre !
Un triomphe au-dessus des lauriers de la guerre.
Remplissez vos destins, méritez des autels :
De ses longues douleurs consolez la patrie,
Des partis destructeurs éteignez la furie,
Sous l'empire des lois rassemblez les mortels.

Des peuples fatigués devenus l'espérance,
Lisez dans le passé les besoins de la France.
Vous paraîtrez alors tout brillans de splendeur,
Comme au sein des écueils blanchis par les orages,
Aux éclats de la foudre ébranlant les rivages,
Se montre aux matelots un dieu libérateur !

ODE II.

Bonheur, toi dont en vain l'homme poursuit l'image,
Tromperas-tu toujours les désirs des mortels ?
Tu les trahis sans cesse, et tous, jusqu'au plus sage,
    Courent encenser tes autels !

En vain l'homme puissant, aveugle en sa colère,
De son sceptre de fer accable le malheur ;
Nous le croyons heureux, tout s'empresse à lui plaire :
    Le remords déchire son cœur.

Le remords destructeur, l'épouvante des crimes,
Le poursuit sans relâche, agite son sommeil,
Et, dans l'ombre des nuits, lui montre ses victimes
    En pleurs attendant son réveil.

Marche-t-il au bonheur, ce conquérant terrible?
Il veut, dans son délire, enchaîner l'univers ;
Les rois sont attachés à son char invincible :
    Tremblez ! Il va donner des fers !

Malheureux! Ses projets, ainsi qu'un ombre vaine,
Se sont évanouis au premier coup du sort :
Abandonné des siens, sur la plage lointaine,
    Dans les fers il attend la mort !

Ce grand bien que j'appelle habite-t-il la terre?
Où trouver ce trésor vainement attendu ?
Ah ! je l'avais rêvé!... Consolante chimère,
    Doux songe, m'abandonnes-tu?

O vous, qui de l'amour avez connu les charmes,
Vous, qui de l'amitié savourez la douceur,
Vous, qui du malheureux avez séché les larmes,
    Vous croyez sans doute au bonheur?

C'est son image au moins... Mais de notre âme im-
mense
Tout me semble borner l'élan audacieux ;
Dédaignant ce séjour, sublime, elle s'élance
Vers l'immortalité des cieux !

ODE III.

CHANT GUERRIER.

Comment les forts sont-ils tombés
dans le combat?
2ᵉ. Liv. des Rois, c. 1, v. 25.

Brillante fille de Mémoire,

Toi qui dispenses les lauriers,

Suis-moi dans les champs de la gloire,

Redis les exploits des guerriers ;

Célèbre ce héros modeste,

Jeune et déjà fameux,

Qui, dans ce jour éclatant et funeste,

Va payer de sa vie un instant glorieux !

Sur les forêts du nouveau monde ,

Le ciel, étincelant de sinistres clartés ,

Promène la foudre qui gronde

En ses nuages redoutés :

Les vastes déserts retentissent ;

Le jour est obscurci d'un voile ténébreux ;

Les monstres étonnés frémissent

Au fond des antres caverneux.

Aux champs de Marengo, plus formidable encore,

Tonne le bronze des combats :

La bayonnette brille , et le feu qui dévore

Sème l'horreur et le trépas.

Ils marchent, ces guerriers, l'honneur de ma patrie !

Rien n'a pu ralentir leurs pas victorieux ;

Sous un autre Annibal , vainqueur de l'Italie ,

Ils ont franchi les cieux !

De l'altier Saint-Bernard les cimes effroyables

Leur opposent en vain leurs colosses glacés ;

Il n'est point de dangers pour eux insurmontables.

Sans mesurer les monts, ils se sont élancés;

Et, foulant à leurs pieds le séjour des orages,

    Orgueilleux et vainqueurs,

Ils ont vu leur drapeau, par de-là les nuages,

    Porter sa gloire et ses couleurs !

    La plaine, au loin resplendissante,

    Tremble sous les pas des coursiers;

    Et, de sa lumière brillante,

    Le soleil dore les cimiers.

    Chargés des foudres de la guerre,

    Où volent, en brûlant la terre,

    Ces chars par la poudre noircis?

    Où vont, dans leurs courses rapides,

    Tous ces bataillons intrépides,

    Marchant déjà sur des débris?

Au milieu des clameurs le bruyant airain tonne ;

Français, Germains, tout tombe au séjour des

    combats.

La charge des tambours dans les vallons résonne,
Et des fiers combattans précipite les pas.

Mais comment admirer leur immortel courage?
Des globes effrayans de poussière et de feux
Enveloppent partout la plaine du carnage,
Et voilent aux regards les prodiges des preux.

Nuage, éclaircis-toi ! Montre-moi leur vaillance !
O mon pays! Que font tes défenseurs?
C'en est fait! Ils ont fui, les enfans de la France,
D'Arcole et de Lodi les valeureux vainqueurs.

Germains, tremblez ! Ils ont la même audace;
Et lorsqu'au champ d'honneur
Le Français fuit, c'est comme Horace,
Il revient en vengeur ! [1]

---

1 Il est inutile de rappeler ici la glorieuse fuite du héros de Rome devant les Curiaces.

Quel spectable imposant ! La Garde Consulaire,
S'avançant avec calme au-devant de la mort,
Des foudres du Germain a bravé la colère,
Et de toute une armée a repoussé l'effort !

Des vieux soldats le cœur est sans alarmes :
En vain, pour les troubler, le monde s'unirait ;
Et, comme les Gaulois, si le ciel s'écroulait,
  Ils le soutiendraient de leurs armes !

  Mais, à l'abri de leur valeur,
Les chefs ont rallié leurs troupes dispersées.
Le Français aperçoit ses enseignes brisées,
  Il a frémi de honte et de fureur !
  Desaix paraît !.... et sa présence,
Du triomphe aux guerriers redonnant l'assurance,
Remplit les combattans d'une héroïque ardeur.

On entend de nouveau les fanfares guerrières :

Le Français y répond par des cris belliqueux.
Il agite, en marchant, ses armes, ses bannières ;
Il dévore des yeux
Les bataillons Germains, qui devant lui s'avancent,
Et fièrement s'élancent
D'un pas audacieux.

La lutte recommence, et déjà l'airain gronde.
Mais qui porte ces coups, et d'où partent ces cris ?
Où vont, saisis d'une terreur profonde,
Ces soldats ennemis ?

C'est Desaix, et tout tremble !
A ses ordres sacrés orgueilleux d'obéir,
Les héros que sous lui la vaillance rassemble,
Ont bravé la mitraille, et leur bras va punir !

Poursuis, cours, immole à la France
Ces étrangers si fiers,

Qui, dans leur coupable arrogance,
Osaient lui préparer des fers.
Poursuis, achève ta victoire ;
Vers eux précipite tes pas ;
Héros ! c'est l'instant de la gloire.....
C'est celui du trépas !

Le plomb brûlant l'atteint ; il succombe, il s'écrie :
« Je n'ai pas assez fait pour la postérité ! »
Ah ! déjà sa triste patrie
Vient de vouer son nom à l'immortalité.

Des superbes guerriers le front se décolore :
Le grenadier vieilli dans la poudre des camps,
Et le jeune Français encore à son aurore,
Font redire aux échos leurs lugubres accens :

« Il n'est donc plus, hélas ! l'espoir de notre mère,
» Dit un soldat ; la France a vu tomber son fils ! »

Un jeune homme disait : « Je n'ai donc plus de père ! »
Et des larmes coulaient de ses yeux attendris.

Mais quel est ce guerrier qu'enflamme la vengeance ?
Quel héros est sorti de ces groupes brillans ?
        Napoléon s'élance !
        Et ses regards brûlans
Embrasent tous les cœurs des feux de la vaillance.
Il paraît indigné que des efforts humains
Osent braver encor les lois de son génie ;
        Et son âme agrandie
        Enchaîne les destins.

« Gardez vos pleurs pour ceux qui périssent esclaves.
        » Vainqueur au milieu des combats,
» Il est mort du trépas envié par les braves.
» Vengez-le, vengez-nous, et ne le plaignez pas ! »

Il a dit ; et déjà les étrangers pâlissent

Devant le sabre terrassant.

Les Germains, accablés, tombent en frémissant,
Et de leur chute au loin les Alpes retentissent.

Du milieu des airs renversés,
Et du sommet des monts arrachés par l'orage,
Avec moins de fracas, de la roche sauvage,
S'écroulent les débris glacés.

Pour la seconde fois, l'Italie est conquise.
Français, entendez-vous la déesse aux cent voix
Redire à l'univers, à l'Europe soumise,
Vos étonnans exploits !

Oui, vous vengez Desaix : apportez sur sa tombe
Le laurier des héros, qui reverdit toujours ;
Apportez l'étendart du Germain qui succombe ;
Apportez le cyprès et l'arbre des amours.

De longs voiles de deuil négligemment parée,

Laissant tomber des pleurs sur ses nobles drapeaux,
La France vient gémir sur la cendre adorée ;
Sa main couvre de fleurs les restes du héros.

On le nomma le Juste... Appuyé sur sa lance,
Près des marbres détruits de Thèbe aux cent palais,
L'Arabe, encor surpris de sa jeune vaillance,
Aux enfans du désert raconte ses hauts faits.

O Rhin ! fleuve sacré, qu'étonna son courage,
Redis au voyageur arrêté sur tes bords :
« Il ne manque à Desaix, pour vivre d'âge en âge,
    » Qu'un barde aux immortels accords. »

ODE IV.

———

Aux Ruines de Jérusalem.

*Illic sedimus et flevimus, cùm
recordaremur Sion.*

Ps. 136.

Au désert de la Palestine,
Un Français, sous le cèdre altier,
Près d'un mausolée en ruine,
Retient les pas de son coursier.
Ses regards erraient sur la plage :
Quel aspect ! quelle sombre image !
Ses yeux sont obscurcis de pleurs,
Il gémit ; l'âme déchirée
Des maux de la terre sacrée,
Il exhale ainsi ses douleurs :

« Quelle est cette antique masure ,

» Pareille aux sépulcres blanchis?

» Je vois une chaumière obscure

» Au milieu d'ornemens détruits.

» Quel est cet amas de décombres ,

» Que couvrent toujours de leurs ombres

» Ces arbres tristes comme moi?

» Ces rochers, ce désert stérile ,

» Qu'habite l'Arabe indocile....

» O Jérusalem.... est-ce toi?

» Fils d'Israël, dans sa colère,

» Dieu renversa votre pays;

» La ville qui lui fut si chère,

» N'est plus que d'informes débris.

» Comment a passé tant de gloire?

» O toi , si vanté dans l'histoire,

» De Salomon temple fameux,

» Que sont devenus tes prodiges?

» En vain je cherche tes vestiges,

» L'arène les cache à mes yeux!

» Du temps tout ressent la puissance,
» Tout doit mourir dans l'univers.....
» Quel bruit a troublé le silence
» Qui s'étendait sur les déserts?
» O David, entendrais-je encore
» Ta voix et ta harpe sonore?
» Quels accens m'ont frappé, Sion ?
» Sont-ils sortis de tes ruines ?
» Est-ce vous, milices divines ?
» Non.... c'est le torrent de Cédron !

» Ah ! je l'ai cru dans mon délire :
» J'ai vu renaître tes beaux jours ;
» J'écoutais tes vierges redire
» Leurs hymnes, leurs saintes amours ;
» J'écoutais la voix des prophètes,
» Je voyais tes pompeuses fêtes,
» Tes capitaines triomphans ;
» J'ai cru, sous tes vastes portiques,
» Entendre les sacrés cantiques
» Dans la bouche de tes enfans !

» Malheureux !... l'illusion tombe ;

» Partout je trouve la douleur ,

» Et le silence de la tombe

» Porte un saint effroi dans mon cœur,

» Sion, ton ineffable gloire

» Vivra toujours dans la mémoire :

» Tu vis naître et mourir un Dieu ;

» Tes souvenirs sont pleins de charmes ;

» Ah ! reçois mes dernières larmes ,

» Triste Jérusalem, adieu !

» O France, ô ma belle patrie !

» Où sont tes vallons, tes coteaux ?

» Quand pourrai-je, ô Seine chérie,

» Rêver au doux bruit de tes eaux ?

» Beau pays où Dieu me fit naître,

» Tu passeras un jour peut-être !

» Un jour peut-être un voyageur,

» Errant sur ta déserte plage,

» Comme je fais sur ce rivage,

» Se souviendra de ta grandeur !

ODE V.

Mortels, prosternez-vous, adorez en silence ;
Reconnaissez d'un Dieu l'éternelle puissance.
La nature obéit aux lois de son auteur.
Il voulut, tout se fit. Au jour de sa colère,
    Il frappera la terre
    Jusqu'en sa profondeur.

C'est sa main qui des cieux déroula l'étendue.
Il parla : l'univers vint s'offrir à sa vue.
Sa main seule alluma le flambeau radieux,
Dont l'éclat, parcourant l'un et l'autre hémisphère,
    Verse avec la lumière
    Les bienfaits de ses feux.

A sa voix agités, s'abaissent les nuages,
Et les cieux ébranlés vomissent les orages ;

A sa voix, l'éclair brille, et la foudre en éclats,
De ses rayons de feu laissant au loin la trace,
Retentit dans l'espace,
Se brise sous ses pas :

A sa voix, les autans, frappant les vastes ondes,
Ont ébranlé des mers les cavités profondes.
La mer tremble, frémit dans son immensité,
La vague en mugissant effleure le nuage,
Ou refrène, en sa rage,
Son flot épouvanté.

Le temps anéantit les régions puissantes,
Il passe, en effaçant, les cités florissantes :
Comme un jour les vit naître, un jour les voit périr;
Et les peuples nouveaux, du sort perçant les ombres,
Lisent sur ces décombres
Leurs destins à venir.

Mais Dieu, du haut du ciel, sur son trône immuable,
Des mondes renversés voit la scène effroyable.

Sans jamais le troubler, tout s'écroule à ses yeux;
Et lui seul, éternel, dictant ses lois divines,
Au milieu des ruines
Reste majestueux.

ODE VI.

L'aigle , au milieu des nuages
S'élançant majestueux,
Se joue au sein des orages,
Et semble le roi des cieux.
Mais la colombe craintive,
Dont la voix tendre et plaintive
Soupire en paix son ardeur,
Au fond d'un sombre bocage,
A l'abri du sort volage,
Approche plus du bonheur.

Méprisant l'onde en furie,
Courez, cherchez des trésors,
Et que de l'antique Asie
Vos vaisseaux couvrent les bords.

Allez jusqu'aux vastes plaines

Des rives américaines,

Chez les peuples inhumains.

Moi, dans mon heureux délire,

Pour biens je n'ai que la lyre

Qui résonne dans mes mains.

Que m'importe la richesse ?

Par elle a-t-on le bonheur ?

Vaut-elle la douce ivresse

Qui s'empare de mon cœur ?

J'aime à chanter mon amie,

Et la guirlande fleurie

Qui couronne ses cheveux,

Et la tunique légère

Dont se pare la bergère

Des vallons silencieux.

Dès l'aurore de ma vie,

Sur mon luth mouillé de pleurs,

De ma vaillante patrie

J'ose chanter les douleurs;

Bientôt, fier de leur victoire,

Dans les plaines de la gloire,

Des guerriers suivant les pas,

De la discorde sanglante

Je peindrai la torche ardente

Au milieu des noirs combats.

........Août 1822.

CHANTS.

CHANT FUNÈBRE.

> Ὤ μοι τεκέων ἐμῶν,
> Ὤ μοι πατέρων, χθονός
> θ᾽, ἃ καπνῷ κατερείπεται
> Τυφομένα, ...
>
> EURIP. Héc. acte 2.
>
> Malheur à moi, malheur à mes enfans et à mon père, malheur à ma patrie qui s'engloutit dans les flammes.

L'étendart de la croix tombe des murs d'Ipsarc ;
Par d'indignes chrétiens, les Hellènes trahis
Ont vu livrer leur île aux fureurs du Barbare ;
La plaine resplendit des turbans ennemis :
    De l'airain de la guerre

Les feux ont foudroyé d'inutiles remparts,
Et des fils d'Ipsara l'Ottoman foule à terre
Les cadavres épars.

» Malheur à ma triste patrie,
» Changée en de vastes tombeaux !
» Malheur à la Grèce asservie !
» Malheur aux enfans des héros !

» Adieu, flots de la mer Égée,
» Que je n'entendrai plus gémir ;
» Adieu, ma patrie outragée
» Par les esclaves d'un visir ;
» Adieu, tombe où dort mon vieux père,
» Tu ne recevras plus mes pleurs ;
» Adieu, doux baisers d'une mère,
» Dont ma voix calmait les douleurs !

» Malheur à ma triste patrie,
» Changée en de vastes tombeaux !

» Malheur à la Grèce asservie !

» Malheur aux enfans des héros ! »

C'est ainsi que parlait une jeune captive
Qu'entraînait un vaisseau loin des murs d'Ipsara ;
Ses yeux fondaient en pleurs... Mais, à sa voix plaintive,
La voix d'une autre vierge aussitôt se mêla :

» Heureuse la jeune guerrière

» Que frappa le glaive ottoman ;

» Qui vit, en fermant sa paupière,

» Mourir l'orgueilleux Musulman !

» Hélas ! du jour de l'hyménée

» Je voyais briller les flambeaux,

» Et voilà qu'aux fers condamnée,

» Je suis, en tremblant, mes bourreaux !

» Il a péri ! Sous nos murailles,

» Mon amant a bravé la mort.

» Que n'ai-je, au milieu des batailles,

» Partagé l'honneur d'un tel sort !

» Heureuse la jeune guerrière

» Que frappa le glaive Ottoman,

» Qui vit, en fermant sa paupière,

» Mourir l'orgueilleux Musulman ! »

Appuyé sur le mât du vaisseau qui fend l'onde,

Un vieillard, un héros, élevant vers le ciel

Ses yeux où se peignait une douleur profonde,

S'écriait d'un ton solennel :

« Ipsare, ô ma patrie ! ô fatale journée !

» Quel avenir de deuil !

» Ah ! du Dieu des Chrétiens la Grèce abandonnée

» Va descendre au cercueil !

» Un jour, conduit par la vengeance,

» Le Grec teindra ces bords du sang des Musulmans,
» Et je ne serai plus !.... Déjà la mort s'avance !
» Ipsare, engloutis-moi sous tes débris fumans ! »

Mais la foudre se tait sur le sanglant rivage ;
Un silence de mort règne en ces tristes lieux.
O grandeur ! ô courage !
Un cri : « Vive la Grèce ! » a monté dans les cieux ;
Femmes, enfans, veillards, l'ont redit avec joie :
Siècles lointains, gardez ce souvenir !

Sur l'étendart sacré qui flotte et se déploie,
Leur main grava ces mots : « Vivre libre ou mourir ! »
Saisissant des torches brûlantes,
Ils courent, le feu vole, ils ont brisé leurs fers ;
Leur asile s'abîme en des flammes sanglantes,
S'élance au haut des airs,
Et sur ses fondemens ébranlant toute Ipsare,
Formidable flambeau,
Il éclaire la mort des Grecs et du Barbare
Qui s'engloutit dans leur tombeau !

Les héros ne sont plus! Mais du sein d'un nuage,

Le front brillant encor d'un éclat radieux,

Une ombre, d'un héros offrant la noble image,

Descend pour contempler ce trépas glorieux.

Léonidas, c'est toi! Son regard étincelle

Du feu qu'au jour de gloire inspira sa valeur;

Sa main montre au chrétien la demeure immortelle,

Et de l'autre agitant son fer libérateur,

Il dit au monde : « Accours, combats, l'honneur

     » t'appelle.... »

Et le Grec répond seul à la voix de l'honneur!

    Gloire à toi, fier Hellène,

  Qui pour ton pays sais mourir !

Honte éternelle au lâche qu'on enchaîne,

    Lorsqu'il devait périr !

Mais Canaris s'élance au champ des funérailles,

Et son bras de la mort a promené la faux;

Au milieu des horreurs des nocturnes batailles,

Il frappe l'infidèle, engloutit ses vaisseaux.

Honneur à Canaris ! Des lauriers pour le brave !

Il saisit l'étendart où rayonne la Croix ;

Et déjà d'Ipsara le sol n'est plus esclave ;

La Liberté se relève à sa voix.

Son glaive immole aux mânes de ses frères

Les Musulmans qui les ont outragés.

Dormez, héros , vos tombes sont légères ;

La Victoire vous a vengés !

Sur tes débris sacrés, immortelle Hellénie,

Ma muse voit planer la gloire et le génie :

Quels monumens des arts, quels palais fastueux

Élèvent dans les airs leurs brillantes colonnes ?

Pour qui sont les couronnés

Qui décorent ces lieux ?

Grèce, enorgueillis-toi de ta splendeur première.

Quels sont ces deux autels qu'une foule guerrière

Va couvrir des lauriers que chérissent tes fils ?

Vierges de l'Eurotas, apprêtez vos offrandes ,

Déposez à leurs pieds ces armes, ces guirlandes ;

L'un porte Miltiade , et l'autre Canaris !

Plus loin, formant les pas d'une danse légère,

Les jeunes fils des Grecs, sur la tombe d'Homère,

Ont brûlé des parfums, ont effeuillé des fleurs ;

Et près d'eux, agité d'un magique délire,

    Un barde, appuyé sur la lyre,

Célèbre les exploits des Hellènes vainqueurs.

Vous qui deviez le jour aux songes du génie,

    Fabuleuses divinités,

    Où sont dans la Grèce affranchie

Ces temples orgueilleux des peuples redoutés ?

Jupiter, rois des Dieux, as-tu perdu ta foudre ?

    Et toi, reine des voluptés,

Tes autels sont toujours renversés dans la poudre,

Et le Grec n'accourt plus à tes solennités !

La raison les détruit.... et le destin s'achève.

    Puissant, majestueux,

    Un seul temple s'élève

Sur les débris épars des temples des faux dieux :

C'est celui des chrétiens, du Dieu de la victoire ;

Son bras guide les Grecs, il protège leur gloire :

Tombez, fiers Ottomans, il combat avec eux !

Mais... si le jour de mort a lui sur ce rivage,...

Si la Grèce accablée aujourd'hui doit périr,

Malgré tous les efforts de son noble courage ;

La mort a son triomphe, et le Grec sait mourir.

Héros ! qu'un jour conduit sur la plage sacrée,

Du poëte et du brave à jamais révérée,

Où des feux du génie a brillé le flambeau,

Le voyageur s'écrie en invoquant vos ombres :

« Le peuple qui jadis habita ces décombres,

» Avec sa liberté, descendit au tombeau ! »

LE

CHANT DE VELLÉDA.

> Une voix mensongère t'aura peut-être
> raconté que les Gauloises sont ca-
> pricieuses, légères, infidèles? Ne
> crois pas ces discours. Chez les en-
> fans des Druïdes, les passions sont
> sérieuses, et leurs conséquences
> terribles.
>
> CHATEAUBRIAND, épis. de *Velléda*.

(Je dois ce morceau à la lecture du délicieux épisode des Martyrs.)

ÉGLOGUE GAULOISE.

Le Chant de Velléda.

La scène est sur les côtes de l'Armorique, au pied d'un promontoire baigné par les flots de la mer.

UN PATRE, UN JEUNE BARDE.

LE PATRE.

Le vent ne frémit plus dans l'épaisse bruyère,
Bélénos [1] dans les flots a caché sa lumière,
Et l'astre de la nuit va briller dans les cieux.
Viens, des guerriers Gaulois chantre mélodieux,
Viens t'asseoir avec moi sur la haute colline,
Ou, si tu veux encor, dans la forêt voisine.

[1] Apollon.

LE JEUNE BARDE.

Déjà la nuit approche, et, sur les monts lointains,
Le bruyant vent des mers semble agiter les pins ;
Reposons-nous plutôt près de ce chêne antique.

LE PATRE.

Dis-moi de Velléda le chant mélancolique ;
Si tu le veux chanter, je te garde au hameau
Deux vases que j'ai faits des cornes d'un taureau.
Tes accens sont plus doux que les fraîches rosées
Fécondant au matin les terres embrasées.

LE JEUNE BARDE.

J'accepte ton présent, écoute-moi, pasteur ;
Je vais de Velléda célébrer le malheur :
« Fuyez l'amour, fuyez sa dangereuse ivresse ;
» Elle aima, Velléda, notre jeune prêtresse !
» Ton cœur n'est plus sensible aux premiers feux du
       » jour,
» Tu foules la verveine et la fleur parfumée,
» Tu caches tes chagrins dans les bois d'alentour,

» Et ton pied de la mer fuit la brise embaumée.

» Autrefois, Velléda, tu commandais aux vents ;

» Et ta puissante voix apaisait la tempête ;

» Quand le fier Taranis [1] menaçait notre tête,

» C'est ta voix, Velléda, qu'invoquaient nos accens.

» Fuyez l'amour, fuyez sa dangereuse ivresse ;

» Elle aima, Velléda, notre jeune prêtresse !

» Naguère je la vis qui s'élançait des flots ;

» Son léger vêtement laissait sa jambe nue ;

» Ses blonds cheveux épars retombaient sur son dos ;

» Une faucille d'or, à l'airain suspendue,

» Brillait à sa ceinture, et ses beaux yeux rêveurs,

» Baissés de temps en temps, s'obscurcissaient de

       » larmes ;

» Son sein, dont à loisir j'admirais tous les charmes,

» S'agitait doucement et recevait ses pleurs.

» Fuyez l'amour, fuyez sa dangereuse ivresse ;

» Elle aima, Velléda, notre jeune prêtresse !

» Velléda, Velléda, qui cause ta douleur ?

---

[1] Le dieu du tonnerre.

» Qui peut de tes beaux jours ainsi ternir l'aurore ?

» Jeune vierge de Sayne, as-tu trahi l'honneur ?

» Offensas-tu les Dieux que le Gaulois adore ?

» — L'amour seul est mon crime : as-tu vu quelque-

  » fois,

» Quand tes pas incertains erraient sur cette plage,

» Le fier enfant d'Ésus contempler le rivage,

» Ou chercher vers le soir le repos dans les bois ?

» Ah ! que j'aime à le voir, assis sur la fougère,

» Déposer à ses pieds son léger casque d'or,

» Et respirer le frais sur le mont solitaire !

» Quand il est loin de moi, je crois le voir encor. —

» Elle tremble à ces mots et demeure étonnée ;

» La triste Velléda rougit de ses aveux.

» Je veux la retenir : la jeune infortunée,

» Fuyant sur le coteau, disparaît à mes yeux.

» Fuyez l'amour, fuyez sa dangereuse ivresse ;

» Elle aima, Velléda, notre jeune prêtresse !

» Le guerrier résistait aux maux de Velléda.

» Amour, qui peut dompter ta puissance invincible !

» Tu parlas, aussitôt le fils d'Ésus aima ;

» Aux pleurs de Velléda tu l'as rendu sensible :

» Ils ont goûté deux jours ton enivrant bonheur.

» Comme celle du sort, ta faveur est volage,

» Tes plus beaux jours souvent sont voisins de l'orage,

» Et toi seul de la vierge as causé le malheur.

» Fuyez l'amour, fuyez sa dangereuse ivresse ;

» Elle aima, Velléda, notre jeune prêtresse !

» Si vous avez aimé, plaignez, plaignez son sort.

» De ses Dieux outragés, que son amour offense,

» La tendre Velléda veut venger la puissance,

» Et le jour du plaisir fut le jour de sa mort.

» Fuyez l'amour, fuyez sa dangereuse ivresse ;

» Elle meurt, Velléda, notre jeune prêtresse !

» Ah ! pour le fils d'Ésus, il n'est plus que des maux !

» Toujours de Velléda la triste souvenance

» Aux temps les plus lointains causera sa souffrance ;

» Quand on perd son amie, on n'a plus de repos.

» Fuyez l'amour, fuyez sa dangereuse ivresse ;

» Elle meurt, Velléda, notre jeune prêtresse !
» Les vierges ont pleuré ! Dès l'aube du matin ,
» Le sépulcre est couvert de verveine et de roses ;
» Les vierges vont chercher sur le coteau lointain
» Le chêne des Gaulois et les fleurs demi-closes.
» Vous ne la verrez plus, ô filles de ces bords !
» S'élancer sur les flots dans sa longue nacelle ,
» Et vous n'entendrez plus les séduisans accords
» Que rendait l'instrument touché par la plus belle.
» Hélas ! elle a péri , la fille des Gaulois !

» Fuyez l'amour, fuyez sa dangereuse ivresse ;
» Elle meurt, Velléda, notre jeune prêtresse :
» Velléda, sans l'amour, verrait encor nos bois ! »

LE PATRE.

Viens, la nuit va couvrir les mers et la campagne ;
Déjà l'ombre sur nous descend de la montagne ;
Je veux entendre encor tes chants harmonieux,
Viens chercher sous mon toit tes vases précieux.

www.ingramcontent.com/pod-product-compliance
Ingram Content Group UK Ltd.
Pitfield, Milton Keynes, MK11 3LW, UK
UKHW022225120726
13694UKWH00002B/699